LE
CHERCHE
MIDI

DE LA VIE,
ON NE GUÉRIT
JAMAIS.

LA VIE EST MAL FAITE

DENIS
GOMBERT

LA VIE EST MAL FAITE

roman

LE
CHERCHE
MIDI

Conception graphique : Justine Dupré
Composition : Peter Vogelpoel

Dépôt légal : mars 2025
ISBN 978-2-7491-8081-6

Vous pouvez consulter notre catalogue général
et l'annonce de nos prochaines parutions
sur notre site : www.cherche-midi.com

92, avenue de France, 75013 Paris
info@lisez.com

Pour Scarlett,
à la vie, à la mort.

PREMIÈRE PARTIE

CHAPITRE 1

Mai 96. Du jour au lendemain, la conscription fut abolie. Ainsi, le service national ne serait plus. Ce fut voté, plié, acté. Nous serions, pour l'Histoire, la classe 96, celle des tout derniers. Nous avions connu Mitterrand portant chapeau et Kim Basinger sans lifting, autant dire que nous étions des fantômes sans gloire. De cela, j'étais déjà convaincu. Le siècle et bientôt le millénaire allaient s'achever. Selon les journaux, nous étions une génération frileuse et désabusée, inapte à affronter le monde. Il faudrait pourtant s'y jeter.

Après les trois jours, muni de mon papelard, je fus affecté dans une caserne loin de Paris où j'eus pour compagnon de chambrée un petit mec vif, râblé, aux yeux étonnamment bleus pour un Arabe. En fait il était berbère et ne manquait jamais de le rappeler. Il s'appelait Madjid et il avait une théorie. Selon lui, la grande punition de l'armée était de nous priver des femmes. De leurs formes, de leur odeur, du cliquetis effrayant de leurs talons sur le pavé. Et dire que pendant ce temps, elles s'agitaient dehors. Pour d'autres.

Puis vint nous rejoindre Castor. Un garçon unique en son genre avec son quintal de chair fondu autour d'un visage poupin; un paysan, un vrai, qui savait traire les vaches et détestait courir. Avec lui, on se sentait en sécurité. Continuellement, il observait le ciel et prévoyait de la pluie. Il se trompait rarement.

Enfin, au bout de deux mois apparut Sacha qui compléta notre quatuor en chambrée.

La première chose qu'on observa chez Sacha fut sa coupe : une boule à zéro radicale. « Radical », adjectif scandé sur un mode rap et qu'il aimait rabâcher. Au-dessus de ses pommettes saillantes et de son nez un peu tordu, le froncement de ses sourcils lui donnait l'air dur d'un enfant en colère que la discipline n'a pas amadoué. Sacha était né dans le VIe arrondissement de Paris et moi dans le VIIe. Nous étions en vrai deux bons bourgeois et les autres deux pauvres. Mais Sacha s'inventait une extraction plus simple. Il se serait vu facilement mexicain, guatémaltèque ou quelque chose comme ça. Avec sa peau mate, ça pouvait presque coller. Mais avec un père éditorialiste dans un grand journal et une mère enseignante dans le privé, c'était moins convaincant. « Radical », « radical », à tout bout de champ. Ce qu'il a pu nous saouler au début.

Nous réunissant en secret, Sacha nous révéla son projet. Il n'en avait rien à foutre de la France, du service militaire et de tout le tralala. Ce qu'il voulait : apprendre le maniement des armes pour s'en aller mener un combat – non, il avait bien dit une « Révolution » – en Amérique du Sud, au plus près des peuples opprimés. Quand Sacha partait dans de telles envolées, on ne l'écoutait plus. Pour finir, Madjid le surnomma « l'Emmerdeur », sobriquet qu'il reçut comme un compliment.

D'ailleurs, avec sa constitution de fruit sec et son teint devenu bistre durant l'hiver, Sacha nous étonna.

Lui, des exercices, il en redemandait. La joie de notre adjudant, un dénommé Chaput, était à son comble.

Un jour, les deux hommes se livrèrent à une empoignade à mains nues. Au départ un exercice qui tourna au pugilat. Sacha vit son nez se tordre mais, avant même que la douleur irradie et court-circuite son système nerveux, il sentit monter en lui une rage considérable. Mâchoires en avant, il se rua sur le cou de Chaput. Les deux hommes roulèrent à terre dans un enchevêtrement désordonné. Le sang répandit partout sa luisance fangeuse.

Sacha récolta encore des plaies et des entailles et puis il dut souffrir tout ce temps l'haleine terrible de l'adjudant.

N'empêche, devant tout le bataillon Chaput déclara :

« C'est bien, petit. Tu as du cran, toi. »

Je crois que Sacha reçut ce jour-là l'hommage qu'il attendait depuis toujours et auquel son grand éditorialiste de père n'avait pas pensé. Accueillant le compliment, il sentit sa vue se flouter un peu, même si son œil poché reprit vite son aspect noir charbonneux.

À l'affût, Madjid mit au point un numéro imitant à la perfection le ton vachard de l'adjudant qu'il conclut par ce slogan devenu vite populaire :

« Chaput ? Cha pue du cul ! »

CHAPITRE 2

En quelques semaines, à coups de grimpés de cordes et de sauts d'obstacles, des muscles m'ont poussé. Je m'étais forgé un corps et trouvé tout drôle devant la glace ébréchée des sanitaires, la tête plus vide que jamais.

En moins de trois mois nous avions appris à jouer à la guerre presque innocemment. Et à force de répétitions, notre régiment évolua avec la coordination et l'agilité de danseurs de ballet, toute grâce et proportion gardées. On se criait dessus à qui mieux mieux pour s'encourager. À la consigne d'arrêt, nos corps fumaient sur place.

Nous avions appris à marcher au pas, tirer au pistolet, chanter en canon, nous déplacer en silence tout en guettant l'ennemi invisible. À réclamer haut et fort du rab de haricots. Ça sert à quelque chose, l'armée.

Avant de partir à la retraite dans le pays de Caux, notre adjudant décida de nous faire boire le calice jusqu'à la lie. Lui n'arrivait pas à se faire à l'idée que demain l'armée qu'il avait connue n'existerait plus. Il y voyait comme un dérèglement du monde et nous en tenait presque pour responsables. L'adjudant Chaput refusait absolument qu'on considère sa caserne comme un camp de vacances. Il nous assomma de directives absurdes. Sauter, ramper, courir encore et encore. Pour qui et pourquoi ? Mystère.

Malgré tout, Madjid s'arrangeait pour n'obéir qu'à la moitié des consignes et Castor, toujours à la traîne, se faisait systématiquement tancer. « L'armée, c'est des fois n'importe quoi, s'indignait-il. Même les bêtes sont moins idiotes. »

Puis, on nous apprit que nous sortirions le lendemain pour « une course d'orientation ». Un nouvel officier présenta la chose comme « une épreuve excitante ». Nous étions des petits louveteaux et nous devions trouver un trésor sans nous faire tirer dessus…

Dès la tombée de la nuit, avec nos culs mouillés et nos casques mangeant nos têtes, un camion nous largua en pleine forêt. À nous de revenir au bercail par nos propres moyens en évitant « les lignes ennemies ».

Tel était le jeu de colonie de vacances qui nous était proposé.

Madjid lança au chauffeur des grands signes d'au revoir peuplés de longs baisers amoureux. Castor se plaignit des pieds. Moi, j'affichais l'air d'un séminariste juvénile perdu en forêt. Sacha, concentré, se piquait au jeu. Il allait nous sortir de là, vite fait, bien fait.

« De toute façon, ce qu'ils veulent, c'est nous pourrir la vie, déclara-t-il. Et qu'elle soit bien pourrie, il faut faire comme ils disent… On va passer par là. »

Le nez sur sa carte, la lampe torche vissée sur le front, il donna le signal du départ.

Nous le suivîmes en file indienne.

Ainsi, deux bonnes heures durant, nous progressâmes à petits pas dans la nature, chacun muré dans son silence. La vapeur de la nuit montait entre les aiguilles des conifères et enrobait le tronc des arbres d'un tulle plus doux qu'un voile de mariée.

Évidemment, nous finîmes par nous paumer. Sacha n'avait pas dû faire les bons pointages. Il était bientôt minuit et aucun d'entre nous n'aurait été foutu de dire où nous nous trouvions. Nous aperçûmes une flopée d'ombres qui sortaient de la forêt.

CHAPITRE 3

« *Les ennemis ! À plat ventre !* »

Il ne s'agissait que de vaches venues brouter de maigres pousses d'herbe au pas fébrile du somnambule. Des vaches comme nous, hypnotisées, dociles, légèrement tremblantes.

Nous abaissâmes nos armes.

Castor franchit l'enclos et alla flatter l'encolure grasse d'une belle laitière. Comme la bête se laissait approcher, il invita Madjid à toucher de la paume le pelage chaud, suintant de sueur et d'humidité.

À la lueur d'un ciel bleuâtre, j'assistai à ce drôle d'assemblage cubiste : Madjid lové contre l'animal et Castor couché à même le sol, tâtant fermement ses pis, les pressant, tirant le lait, gorge ouverte. *Hommes et bête sous la lune.*

La vache avait de quoi rendre facilement un bon litre de lait. Nous nous délectâmes longtemps de nectar chaud. Après, nous fumâmes quelques clopes. Pour moi, ce n'était pas très recommandé. Elles me firent tourner la tête.

Sacha ragaillardi nous exposa son grand projet : acheter des terrains en Amérique du Sud pour fonder, là-bas, une communauté d'hommes libres et dignes tirant partie de leur travail. Cela faisait phrase apprise et je ne comprenais pas bien comment cet emboîtement de rêves et de principes pouvait tenir.

« Des hommes libres et dignes tirant partie de leur travail, cela s'appelait dans le temps des paysans », fit remarquer Castor.

Madjid était surtout d'avis que Sacha aille la faire là-bas sa Révolution. En France, c'était mort.

Cramé. Mais nous nous entendîmes, je ne sais comment, sur l'idée que nous ne passerions pas à côté de nos existences. Notre vie ne serait pas un simulacre, autre mot de Sacha. À l'âge impatient où nous étions rendus, nous voulions tromper l'ennui par du vacarme.

On gueula donc fort dans la nuit avant de se remettre en route. Nous étions camarades maintenant.

CHAPITRE 4

Au bout du chemin, il y eut l'aube qui arrondit sa couronne de lumière au-dessus des arbres. Nous réussîmes enfin à faire le point après nous être perdus dans un sous-bois. Selon la carte, on devait tomber bientôt sur une route. Et de là…

Sur une petite départementale déserte qui découpait son chemin à travers champs, nous butâmes sur une autre route un peu plus large où des voitures filaient trop vite. Nous comprîmes que nous allions toucher au but quand nous découvrîmes un encart publicitaire défraîchi invitant à l'acquisition d'un canapé en faux cuir. Un clebs à poil long et jauni s'accrocha à nos basques. On dut le faire détaler à coups de pierres.

Après quelques ronds-points aux parterres fleuris, la bâtisse de la caserne apparut. Elle se situait à l'entrée de la ville mais encore suffisamment à l'écart, comme certains hospices. Et pourtant, aussi grise et inhospitalière soit-elle, elle nous fit l'effet d'un refuge, et même d'une maison.

Nous nous présentâmes au rapport devant l'adjudant Chaput qui considéra notre quatuor avec un œil expert. Il vit les paupières bleuies de fatigue, la bave sèche à la commissure des lèvres, les vaisseaux injectés de sang dans le blanc de l'œil, les griffures sur le visage.

Après son tour d'examen, il dut reconnaître que ses hommes avaient été au bout d'eux-mêmes et étaient revenus dans les temps. Mission accomplie. Il aurait facilement misé sur l'abandon de l'un de nous, surtout le gros, ou bien la perdition du groupe en forêt. Mais non, nous étions là. Il en conçut une sorte de fierté qu'il s'attribua et, dans un élan de générosité, nous envoya au repos pour la journée.

CHAPITRE 5

D'interminables parties de belote nous permirent de nous unir encore davantage, puis de ne plus nous séparer du tout. Toute personne voulant rejoindre notre groupe se faisait aboyer dessus. Nous n'étions bien qu'ensemble, partout et tout le temps. Sans même nous en rendre compte, nous avions développé en quelques semaines un langage indicible, farcesque, confinant à l'absurde, qui était devenu la marque de fabrique de notre chambre, la 12. Les autres désignaient au loin notre logis en vissant un index sur le front et en le tournant deux fois.

La 12 ?

Des tarés, ces gars-là ?

Ainsi que nous étions, avec le cheveu ras qui n'avantage pas et le caleçon souris qui gratte l'entre-jambe, et avec la fumée des cigarettes qui s'envolait dans le ciel, se dissipèrent les derniers préjugés que nous avions gardés les uns envers les autres. Comme des violons plaintifs cherchant à s'accorder, nous nous étions découverts plus proches que nous l'aurions cru. Pas « frères », comme l'aurait voulu naïvement Sacha mais « amis », ce qui est déjà beaucoup.

Comme Sacha avait son surnom, il me fallait le mien. Madjid ne tarda pas à me le trouver. Je devins « Monsieur le Marquis ».

Pourquoi ?

Je ne sais pas, ça lui était venu comme ça à Madjid.

L'inspiration…

C'est vrai que je ne disais pas grand-chose et que mes ongles étaient propres. Enfant, mon nom était brodé sur mes pyjamas et mes culottes. Est-ce que cela faisait de moi un marquis ?

Je m'appelle Maxime. Cela a un côté chic quand je me présente. Mais très vite on peut m'appeler Max, petit nom qui passe partout. Je ne me sens pas différent des autres et certainement pas supérieur ; mais plus que les autres je crois avoir de l'imagination à revendre. Le problème est que ça ne sort pas. Tout demeure dedans. Reste que mes nouveaux amis aiment cette discrétion, ce côté posé que j'ai. Comme un meuble. Castor pèse lourd, Sacha gueule fort, Madjid bouge tout le temps. Il faut bien que quelqu'un sourie gentiment. Moi.

Dans mon paquetage, j'avais fait pour l'armée provision de toute une littérature vibrante d'héroïsme qui vantait le courage au feu. Mais jamais je ne mis le nez dedans. Quelle idée d'emporter des livres à l'armée ! Le soir, reposant dans mon lit, j'ai les bras croisés sur la poitrine, semblable aux gisants des grands rois de la cathédrale de Saint-Denis. Par quel bout de rêve attraper le sommeil ? Celui au galop d'une embardée hussarde d'un régiment napoléonien ou celui d'un commando embusqué sous la canonnière crachant un feu d'or, non loin des rivières boueuses des plaines du Nankin ?

Le temps de préparer le scénario de mon rêve que déjà je m'endors.

Et pareil dans ma vie.

Impossible de me décider pour quelque destin que ce soit.

CHAPITRE 6

Un matin, nous nous rendîmes compte qu'il ne nous restait plus que quinze jours à tirer. Ça venait, nous allions être des hommes et comprendre que la vie passe trop vite, même si elle se tenait encore presque tout entière devant nous. On se promit d'aller fêter ça dignement à Paris. Le jour dit, nous passâmes à la soute rendre nos treillis et nos godillots. Dans la cour, nous regardâmes Chaput beugler.

Est-ce qu'on le regretterait celui-là ?

Au fond oui, certainement.

Je voyais déjà la scène se profiler. Cris de ralliement devant la caserne. Merde à tout ! À l'armée comme à la France.

J'entendais déjà bourdonner le tintamarre. Au milieu des autres, je m'efforcerais de pousser des cris sauvages de peur de passer pour un timide. Le dernier, j'empoignai mon sac et quittai la chambre sans me retourner.

Je suivis les autres dans un début de chahut et une salve de bras d'honneur à la sortie de la caserne. Sacha montra son cul qu'il avait maigre et blanc. Il arborait désormais sous sa chemise en toile rêche de fabrication artisanale une ceinture qu'il prétendait être une véritable relique de l'armée soviétique et sur le cœur, épinglée au revers de son col, une petite étoile rouge.

Nous fûmes entassés dans un bus qui nous conduisit directement à la gare. Des verres de mousse s'entrechoquèrent au coin du bar-buffet. À l'appel du train, ce fut la cohue et, l'espace d'un instant, je perdis de vue mes amis. Une écrasante lumière blanchissait tout : le quai, les wagons métalliques et les hommes. Je ralentis mais mon cœur se mit à battre plus fort. D'un coup, je m'immobilisai. Mon esprit gîtait. Un petit picotement acide me prit à la gorge et me rappela que je pouvais avoir peur. Ma glotte se serra.

Une légère pression, brève mais appuyée, vint soudain me cueillir au creux des reins et me propulsa vers l'avant. Sacha, bien sûr.

« Tu ne vas pas nous laisser tomber, hein, mon camarade ? »

DEUXIÈME PARTIE

CHAPITRE 7

Dès notre arrivée à Paris, le rêve de Madjid se matérialisa. Il engagea naturellement la conversation avec toutes sortes de femmes en leur réclamant du feu. Leur jupe infroissable et leurs jambes montées sur des petites échasses, c'était beaucoup d'un coup pour Madjid. Nous devions l'attendre souvent.

Nous parvînmes enfin chez moi, une rue calme aux immeubles imposants, le bon VIIe. Il n'y a pas de mauvais VIIe.

Sur le chemin, immobiles sous de hauts porches, des policiers en faction se tenaient debout, raides, le regard posté sur le trottoir d'en face.

« Quartier des ministères, expliquai-je.
— On peut manger par terre », répondit Sacha.

Je poussai une lourde porte joliment ouvragée. Après une volée de marches en marbre, un ascenseur à la grille en fer forgé nous attendait. Nous y chargeâmes sans ménagement nos sacs.

Sur un large palier recouvert d'un tapis rouge, j'ouvris d'un tour de clé une porte à double battant. Sûrement impressionnés, les autres m'obéirent quand je les enjoignis de déposer leurs sacs dans l'entrée. L'appartement était immense avec ses salons en enfilade, son parquet en points de Hongrie, ses meubles astiqués, ses poignées en porcelaine. Puis, le couloir formait un coude et on débouchait enfin sur une pièce où le sifflement d'une bouilloire se faisait discrètement entendre : la cuisine.

Une jeune fille se tenait là, adossée à un mur, une tasse de thé à la main. À notre arrivée, elle sursauta. Elle posa sa tasse et se jeta dans mes bras.

« Maxime, pourquoi tu n'as rien dit ? »

Son visage s'était allumé.

« Mais parce qu'il n'y a rien à dire, tu sais bien, répondis-je. Viens, que je te présente mes amis : Castor, Madjid et Sacha. »

Seul Sacha resta dans son coin et adressa de loin un vague bonjour. Davantage, il aurait perdu tous ses moyens.

Il avait observé chaque centimètre carré du visage de Julia pour y chercher un gramme d'imperfection mais n'y avait trouvé que la grâce de grands cils parfaitement ourlés, l'arête d'un nez aquilin et une bouche de coquelicot pâle. Et puis des prunelles bleues, d'un bleu qui fait mal et qui fait croire aux sentiments éternels.

Julia portait ce jour-là un jean travaillé par l'usure et une chemise d'homme à manches retroussées. Au fond de ce trop grand appartement, Sacha se trouva seul et désemparé. L'amour ne prévient pas quand il entre dans une vie. Il frappe au cœur et chamboule tout.

Je savais quel effet ma sœur pouvait avoir, malgré elle, sur les hommes. La faute à la transparence de ses yeux bleus qui contemplaient au loin quelque chose d'indéfini. Les mêmes yeux que notre mère. Moi, j'avais les yeux marron, ceux de notre père.

Sacha dut se sentir d'un coup désœuvré et bien moche avec ses cheveux ras et son nez tordu. Pour une fois, il se taisait. Longtemps que nous attendions ce moment.

Julia me pria d'appeler au moins les parents pour dire que j'étais rentré. Ils étaient partis ce matin. S'ils avaient su que j'étais là, ils seraient restés. Je ne voulais rien entendre. Qu'ils attendent.

« Et puis, il y a plus important, dis-je en prenant Julia contre mon épaule. J'ai pris une décision et je vous l'annonce à tous. »

Julia suspecta un coup fourré.

« Je vais m'engager !

— Quoi t'engager ? réagit Castor.

— J'ai rempli tous les papiers avant de partir. C'est l'infanterie. »

Je me mis en position, raide, au garde-à-vous.

Mais cela ne fit pas l'effet escompté. Tout le monde resta coi et Julia s'échappa de mes bras.

« Tu es complètement fou, Maxime ! Complètement fou ! Comme si ce n'était pas déjà assez compliqué pour nous comme ça ! »

Les autres me dévisagèrent, intrigués. Je ne savais plus trop quoi faire, ni quoi dire. Pour toute répartie, je choisis d'extraire du champagne de la réserve et de l'argent liquide du second tiroir du secrétaire Empire du petit bureau, la planque familiale. On irait faire la fête comme promis. À Paris et jusqu'à l'aube.

CHAPITRE 8

Nous avons mis cap sur la ville. La fin de journée était douce. Du côté du passage de la Madeleine, certains employés flânaient. Les Parisiens ne voulaient pas rentrer à la maison. Contournant la place, j'entraînai mes amis vers une petite rue adjacente où deux prostituées se tenaient adossées à un mur.

« Alors, on cherche de la compagnie ? » lança l'une d'elles.

Je m'apprêtai à pousser la porte d'un *pub* mais retenu par l'apostrophe, je me retournai.

« Mince alors ! Max ! T'es de retour, coco… Mais qu'est-ce qu'ils ont fait à tes beaux cheveux ? Suzy, viens voir là pour embrasser le Poète. Il est de retour… »

Le Poète, c'est moi. Un art et une fonction jamais exercés. Je vis sur une fausse réputation. Un soir que je m'étais retrouvé seul dans ce troquet avec un livre écorné à la main, j'avais récité des poèmes. Me donner en spectacle n'est pourtant pas mon genre. Mais comme les filles m'avaient interrogé sur ceux que je connaissais, alors je m'étais lancé. D'ailleurs j'avais fait forte impression. Vous savez par cœur quelques belles strophes de Baudelaire et vous voilà poète. Ah, si la vie pouvait être toujours aussi facile… Puis, j'étais revenu avec un autre livre. Du Verlaine. Mieux approprié. Et on avait recommencé notre jeu. C'était devenu une petite routine et des liens s'étaient tissés. Suzy me plaisait. Je finis par monter. Elle m'apprit quelques trucs et je devins une sorte d'habitué.

Madjid, Castor et Sacha observèrent stupéfaits les deux femmes flatter ma nuque. Elles me trouvaient les côtes maigres, ayant pour moi les préventions d'une mère.

Je les rassurai. J'étais en pleine forme.

« Viens ici au moins que je te bénisse. »

De ses longs ongles peints au vinyle carmin, Suzy glissa une main dans la pâte de son corsage et en extirpa une chaîne d'où pendait une petite croix en or.

J'embrassai délicatement le pendentif.

Une fois ce rituel achevé, nous pénétrâmes dans ce *pub* où ne brillaient que le reflet de la pompe à bière et les yeux du patron, Dino, un homme de corpulence moyenne à la moustache fine, qui portait sur une épaule un torchon sale et sur l'autre un tatouage de la marine.

« Voilà le Poète qui nous fait l'honneur d'une visite ! Ça faisait des lustres. »

Il activa d'*autor* la manette de son piston à bière. On trinqua avec lui.

« Allez, à la jeunesse ! » lança-t-il.

Dans l'esprit de Dino, ce mot devait dire beaucoup. Des voyages au long cours, sûrement des chagrins.

On but beaucoup et longtemps. À un moment, on s'aperçut qu'il faisait nuit. Elle s'était avancée sans qu'on y prenne garde, une odeur résineuse emplissait le bar.

Sur le plancher, des nœuds de bois formaient des figures de hannetons aplatis au milieu des mégots écrasés. Le faible halo des lampions éclairait d'une lumière jaune nos visages dont les regards se perdaient sur les bouteilles juchées au-dessus d'un comptoir. Une légère brise s'infiltrait doucement par-dessous la porte de la rue. Dino agitait son torchon en chantonnant un air dont il avait oublié les paroles. Je marmonnais des mots de mon cru au fond de ma gorge :

D'amis je n'eus de meilleurs
Que vous.
Où irons-nous ?
Que l'avenir au vent rieur
Nous porte loin
Et jusqu'au bout

Voilà à quoi il était juste bon, le Poète. Trois rimes plates, un enjambement. Les bouts-rimés, ça n'engage à rien. Sur ce j'ai proposé un toast à la compagnie. On a trinqué « À la Révolution » en croyant faire plaisir à Sacha qui avait basculé du côté de l'Amour. On a vidé nos verres. J'ai scruté par la fenêtre le coin de la rue. Suzy était en main. Le petit Christ niché au creux de ses seins devait se balancer au-dessus d'un matelas quelque part dans les étages. « Il y a le travail et il y a Dieu, ce sont deux choses différentes », m'avait-elle fait remarquer une fois. Oui, je la croyais.

Rosy, qui fumait, maudissait en l'auscultant un talon de sa chaussure qui se dévissait.

Je sortis lui parler.

Quand je revins dans le bar, quatre nouveaux verres étaient alignés sur le comptoir. C'étaient des petits verres de cantine avec un chiffre gravé au fond. Dino payait son coup, à condition qu'on boive en l'honneur de la Légion étrangère.

Pas de problème.

Ensuite, Castor disparut avec Rosy sous une porte cochère et grimpa à sa suite un escalier raide.

Sacha, Madjid et moi, nous quittâmes le bar. Sur un banc, nous nous offrîmes un gros joint, du bon afghan. Les feuilles des arbres se balançaient sous la brise d'été. La lune s'était hissée en ballon dirigeable au-dessus des immeubles. Chaque feu tricolore de la place jouait à faire un clin d'œil à l'autre. Tout était en ordre, chaque chose était à sa place, comme si un scénographe s'était occupé de tout. Il ne servait à rien de vouloir parler. « Ajouter quelque chose, c'est souvent abîmer quelque chose. » Je devais avoir un truc idiot de la sorte dans la tête.

Castor finit par réapparaître, un pan de chemise débordant du pantalon, une bretelle descendue. On ne lui a pas posé de questions. On était au-delà des questions. Mes vêtements me collaient la peau, ma langue était pâteuse. Je bégayais un peu. Une extase pour paraplégique.

CHAPITRE 9

Alors vint à l'esprit de Sacha de nous emmener dans un *squat* qui se trouvait derrière la place Clichy. Il disait y connaître du monde et, chemin faisant, dissertait déjà tout seul sur les différents groupes d'autogestion, comme à Bologne, comme à Berlin, où, prétendait-il, il avait tant de camarades, de frères, etc.

Soit. Nous le suivîmes à travers un dédale de rues pavées jusqu'à ce qu'un vaste bâtiment à l'allure fantomatique apparaisse. Un drapeau noir déchiré était planté au-dessus d'un tonneau rouillé qui branlait dangereusement entre deux poutres vermoulues.

C'était donc ça un *squat*.

Dans une première pièce, nous découvrîmes des matelas entassés en quinconce sur une moquette mitée. Dans une deuxième, des tubes d'emballages de néons montaient jusqu'au plafond. Partout, des cartons vides laissés à l'abandon. Quelque part, un gros amas de fils de téléphone enchevêtrés formait un assemblage noir presque inquiétant. Une salle n'était qu'éclats de verre et lambeaux de papier peint arrachés à des murs calleux. L'odeur du salpêtre empestait tout. Au bout d'un couloir, une émanation forte, mélange d'éther, d'alcool et de peinture, prenait à la gorge et piquait les yeux.

Castor se demandait bien ce qu'on foutait là. Il aurait préféré qu'on retourne du côté de la grande place sous les petites lampes du Moulin Rouge.

Mais Sacha lui fit signe d'attendre et il appela un peu pour voir :

« Kiki… Bakou… Sov'caus… Traban ! »

Personne ne répondit.

À la place, nous entendîmes entre les cartons le bruit mat d'une petite balle dure rebondissant dans tous les sens. Et quelque chose comme un couinement. Et encore après, le son caractéristique de griffes qui déchiquettent le papier.

Soudain, à la lueur du lampadaire qui éclairait la pièce, nous vîmes apparaître le gros corps d'un rat qui déboula entre nos jambes. Derrière les matelas, quelque chose de plus gros encore s'animait. La chose cherchait à se dégager de sa nasse.

Hurlant à la mort, un clochard mécontent d'être réveillé, les pieds noirs de crasse et la barbe souillée, jaillit tel un ours de sa caverne. Il se dressa sur ses pattes, juste devant nous. Immense et nu. Infâme.

Nos cœurs se mirent à taper fort comme un poing ganté au carreau d'une vitre. Nous décampâmes vite fait sans demander notre reste. De retour sur le boulevard, Sacha essaya de dissimuler sa peur sous le masque de l'homme préoccupé par le sort de ses frères d'armes. Mais préoccupé, il l'était vraiment.

« Les flics ont certainement fait une descente. Ou alors les skins… » marmonna-t-il.

Sa voix était en miettes.

CHAPITRE 10

Le mieux était de redescendre vers Pigalle. Et nous ne fûmes pas mécontents d'y retrouver la lumière et la foule. De gros bus de touristes y manœuvraient péniblement.

On se demanda ce qu'on pourrait faire maintenant. De l'autre côté de la place, une queue s'était formée autour des boîtes de nuit. Par petites brochettes, des jeunes filles s'extirpaient de taxis et tombaient dans les bras de garçons coiffés au Pento. Ils tenaient trop ostensiblement leur cigarette entre le pouce et l'index pour qu'on puisse croire l'habitude du vice définitivement acquise. Chacun faisait son cinéma.

Madjid ne voulait pas aller en boîte. « À Paris, les boîtes ne sont intéressantes que quand elles se vident. Plus l'heure tourne, plus la nécessité de la rencontre s'impose », expliqua-t-il. Mieux valait aller s'amuser ailleurs. « À Paris, on s'amuse peu. »

Dès qu'il aperçut un taxi s'engager dans la rue, il l'arrêta. Après une courte négociation, le chauffeur accepta de nous charger tous les quatre. Lui aussi avait été jeune, claironna-t-il, et savait ce que c'était que de vouloir s'amuser.

Le véhicule repartit en trombe. Madjid s'était mis à l'avant. Il venait de reprendre en main la soirée.

Les doigts jaunis du chauffeur tapotaient le volant au rythme d'un *raï* qui soulevait les enceintes. Il se souvenait comme elle avait été belle sa jeunesse, là-bas, dans Alger la Blanche. Il en avait eu des amis et des fêtes. Et des femmes, ô combien. Comme il avait été heureux. La vérité, il avait été heureux. Ce n'était pas une question d'argent, tout ça, disait-il.

Il cracha par la fenêtre, sans complexe.

Madjid le relança sur ses souvenirs et poussa au maximum le volume de la musique.

Nous coupâmes le périph' par le nord. La butte du Sacré-Cœur se découvrit, anachronique, entre deux enseignes lumineuses à la gloire de constructeurs automobiles nippons. Nous volions vers Gennevilliers, au lieu nommé Le Pescador, restaurant, bar et boîte de nuit qu'un cousin de Madjid tenait. La joie au cœur, l'envie au ventre. Je contemplais la nuit offerte.

Le taxi nous débarqua sur un terre-plein en bordure d'une nationale. Le rideau du Pescador était tiré. Du bruit venait de derrière. « Personne à l'entrée mais sûrement beaucoup de monde à l'intérieur, ce qui est exactement le contraire des boîtes parisiennes », nous fit remarquer Madjid.

Des constellations de confettis gris jonchaient un plancher sale. Entraînés par Madjid, nous progressâmes au milieu de tables disposées de travers. Sur une vague piste matérialisée par le reflet d'une boule à facettes, des femmes dansaient. La plupart des hommes portaient des chevalières et des chemises ouvertes. L'odeur de transpiration de la peau sous les jupes en lycra se mêlait à celle du tabac brun. Toute la salle en était imprégnée fortement. Vers le fond, un carré cuisine se découpait dans une lumière crue. Carrelage blanc. Du 20 × 20 mal ajusté.

Au bar, Madjid trouva son cousin Eddy. L'homme aurait pu être son père. Une moustache broussailleuse recouvrait ses lèvres. Quand il souriait – et il souriait tout le temps –, on ne pouvait s'empêcher d'observer qu'une dent lui manquait. Ça ne l'empêchait pas de séduire. Une femme vint s'accrocher à son bras. Le tissu de sa robe moulante ventousait sa peau. Sur sa nuque perlait une fine pellicule de sueur. Elle réclama une caresse, une attention, une flûte de champagne, puis repartit. Lui, concentré sur la ligne de ses hanches, la suivit du regard. Il avait un nez très fort, en patate, et de très beaux yeux ; des yeux d'enfant ou d'alcoolique.

Selon Madjid, c'était ça « la classe », une façon de se tenir droit face à l'existence et de posséder un coupé Mercedes vieux de trente ans. Au nord de Gennevilliers, le cousin Eddy était là dans son royaume et ce roi dormait dans une caravane.

Eddy nous paya un verre.

« Allez, amusez-vous, les enfants ! Pschitt, la vie ça passe vite », dit-il en accompagnant ses paroles d'un faux geste de magicien.

Au bras d'une nouvelle femme, il s'éclipsa.

Khaled. *Aïcha*, en boucle. À contretemps, toujours à côté du rythme, je cherchais à attraper le *beat*, ce papillon fureteur. Tantôt en avance, tantôt en retard, le corps trop raide, je recommençais ma pantomime au milieu de la piste en frappant dans les mains. Les jambes de Madjid virevoltaient avec aisance. Des gens l'applaudissaient. Près des tables en Formica, Sacha parlait à quelqu'un d'Amour ou de Révolution. Castor était passé derrière le comptoir.

Sous le reflet de la boule à facettes, je finis par trouver comment faire pour que mon corps se lie à la musique. Il suffisait de me laisser porter. C'était simple mais personne ne me l'avait appris. Je dansais, je dansais, abruti sous la lune, magnifié par un spot en forme de soleil. Une femme se déhanchait devant moi. J'aurais voulu lui lécher les aisselles et plaquer un sexe dur contre sa cuisse. Dehors, des voitures démarraient en faisant crisser les pneus. Elles avaient de gros pots d'échappement soudés au bas de caisse et des haillons en lamé. Encore un verre, une danse. Pas fatigué !

CHAPITRE 11

Le matin est venu.

Un vent frais poussa le noir de la nuit sous le tapis du jour. Le ciel s'éclaircit de lui-même. Nous nous installâmes avec Eddy devant une bouteille de Chivas. Il déboutonna encore d'un cran sa chemise. Avec lui, nous nous sentîmes des hommes parce que nous étions allés au bout d'une nuit et d'une ivresse.

« Allez, les enfants… »

C'était l'heure de partir. Eddy sortit un balai et fit mine de s'en servir. Il inspecta vaguement le dessous d'une table mais son œuvre de ménage s'arrêta là. Il s'étira en remisant son plastron.

Madjid et lui ne sont pas cousins. Eddy est d'origine roumaine, transylvanienne ou arméno-turque. Alors ? Alors, ça n'a aucune importance. Ils sont liés et s'estiment, c'est l'essentiel. En se refermant, la porte du Pescador fit un bruit de garage. Et nous restâmes là, à gratter le gravier de la pointe du pied.

Plus de clopes.

Dans la cour, Madjid aperçut Louna, la fille d'Eddy, qui sortait de sa caravane. C'est elle qui prédisait l'avenir en tirant les cartes. Elle avait ce don. On s'est dit que ce serait drôle pour finir. Il nous restait un peu d'argent.

Louna était une adolescente aux hanches trop fines, comme sculptées au biseau, mais au fond de sa voix éraillée perçait une ferme détermination. Ses cheveux étaient ceux d'une femme et ses pieds ceux d'une enfant.

« Non, pas d'argent », dit-elle.
L'air frais du matin nous dégrisa.

Il flottait à l'intérieur de sa caravane un effluve d'encens plus chargé que celui des églises. Un lourd rideau monté sur une tringle en bois séparait la pièce en deux. Nous prîmes place sur deux tabourets, un baril de linge en plastique dur et une sorte de fauteuil pour Castor. Au-dessus du siège en osier de Louna, sur une grande étagère, une armée de petites poupées paradaient. La première, l'Andalouse, levait le menton et claquait des talons. Elle semblait entraîner derrière elle toute sa troupe dans une sarabande muette.

Louna mit en route une cafetière électrique. Du café goutta. Quand elle réapparut, elle portait un chandail et des bijoux de pacotille. Ses bracelets tintèrent lorsque sa main saisit un jeu de tarot marseillais à la tranche noircie. Elle dressa quatre colonnes de cartes devant elle. Vite, des couleurs et des figures s'assemblèrent. Louna murmura des mots étranges. L'espace d'un instant, sa main hésita avant de reprendre l'exercice, toujours concentrée.

« Cette carte maintenant ne compte pas, prévint-elle. C'est celle que vous avez dans la main qui compte. Elle va faire mariage avec l'autre. Faites voir ! »

Elle ramassa notre jeu.

« Quelqu'un porte l'amour », dit-elle en fermant les yeux.

Dans un drôle de petit rire, elle ajouta :

« Quelqu'un porte la fortune… »

S'affichait un air gai sur son visage. Un jardin avait poussé dans son cœur. Elle continuait. Troisième carte :

« Quelqu'un porte le don… Oui, le don. »

Cela la fit rire franchement et ses yeux se rallumèrent.

Mais soudain, toutes les cartes furent jetées et brouillées. Louna nous dévisagea et fit « Non… » de la tête. Du bleu de fard à paupières coulait sur ses joues.

« Et quoi alors ? Qu'est-ce qu'il y a ? » interrogea Castor.

D'instinct, Louna s'éloigna.

« Quelqu'un porte l'amour. Quelqu'un porte le don. Quelqu'un porte la fortune. Et quelqu'un porte la mort, c'est ça ? » asséna-t-il plus durement.

La petite ne répondit pas. L'odeur d'encens nous comprimait la poitrine. Sacha n'aimait pas ça. Pour lui, le jeu avait trop duré.

« Assez ! Partons maintenant ! C'est des conneries tout ça », lança-t-il avec un ricanement de déni.

Comme il se levait, nous le suivîmes. La petite s'était mise à pleurer, seule dans son coin. On n'y comprenait plus rien. Madjid voulut lui donner de l'argent mais elle refusa obstinément.

Alors nous repartîmes à pied en longeant la voie rapide, à l'extérieur des barrières de sécurité. Partant à droite, une route rejoignait un ensemble de lotissements qui portaient des noms de fleurs. Un gamin passa devant nous avec un vélo *cross* en exécutant une roue arrière parfaite. Il affichait un front large et une moue narquoise. Nous lui demandâmes s'il y avait une gare dans le coin. « Peut-être vers là-bas », finit-il pas indiquer en pointant du doigt un horizon de grandes tours. Ces Lego-là appartenaient une autre galaxie qu'il n'irait jamais explorer.

« Grouillez-vous ! Y a un bus », gueula Madjid.

En effet, un immense bahut apparut au coin d'un carrefour. Il tremblait sous le ronronnement de son gros moteur. Nous nous mîmes à courir à perdre haleine pour le retenir.

Notre vaisseau s'extirpa de la zone pavillonnaire et se propulsa sur une voie rapide. Petit point vibrant dans un paysage en arrêt. Au fond de l'habitacle, sur les sièges durs et trépidants, l'épuisement envahit nos corps. La joue de Sacha s'était aplatie contre la paroi de la vitre. Les longs cils de Madjid, qui m'avaient toujours fait penser aux dessins d'yeux peints à la proue des barques phéniciennes, s'étaient refermés. Le ventre de Castor, vallon volcanique, grésillait paisiblement sous le flux de sa respiration.

Je ne dors pas. Je sais pourquoi.

Je n'ai pas l'amour, je n'ai pas le don, j'ai déjà l'argent et cela ne me sert à rien. Je sais depuis longtemps à qui revient la carte noire et funeste du défunt.

Je sais que le mort, c'est moi.

TROISIÈME PARTIE

CHAPITRE 12

J'aime les trains qui arrivent au matin dans les villes étrangères. La Suisse n'est pas tout à fait l'étranger, c'est un pays qui parle d'une voix douce avec un accent traînant. Les hommes portent encore des vestes à fins carreaux et il arrive que les femmes tiennent sur leurs genoux des petits chiens à bigoudis. Tels étaient mes voisins de compartiment qui se sont poliment enquis de savoir ce que je venais faire dans leur pays. « Venir respirer l'air pur pour réviser mon droit constitutionnel » a semblé une réponse parfaitement plausible. En signe de bienvenue, mes inquisiteurs déférents m'ont offert du chocolat.

Je ne porte presque rien sur moi. Mon sac contient deux pulls, un pyjama et des sous-vêtements de rechange. Mes affaires de toilette tiennent dans une trousse d'écolier. Mes cheveux ont repoussé. Je n'ai pas pris de livres. Le ciel, ai-je décidé, me servira de grimoire. Je suis fatigué de chercher dans les textes des autres ce qui pourrait m'appartenir et que je n'ai pas trouvé. Au fond de mon sac, il y a la photo de Suzy que j'ai remportée de haute lutte. Elle ne voulait pas me la donner. Elle ne comprend pas ce que je lui trouve. Elle pense que ce n'est pas bien. Dans son métier, il ne faut pas s'attacher, a-t-elle dit. Mais quand même, elle a fait une exception. À charge pour moi de lui écrire un poème dès mon retour.

Devant la gare, à côté de la station de taxis, des cabriolets décapotés attendent d'embarquer des couples de touristes pour les mener en ville. Des chevaux partent au trot, lancés par un coup de fouet. Les fers qui claquent sur les pavés se mêlent au bruit d'un carillon.

La clinique où je suis attendu se situe à moins de deux kilomètres, quelque part à la sortie ouest de la ville.

Le dépliant consulté cent fois indique que l'établissement jouit d'un cadre prestigieux : parfaite quiétude et grande confidentialité garanties. Le premier règlement a été opéré à l'avance par transaction bancaire. L'argent sert à tout, y compris à faire passer le grand saut dans l'au-delà pour une activité de loisirs.

Comme je suis partant pour une promenade, je m'engage à pied vers le centre-ville. Cela fait longtemps que je n'ai plus eu l'occasion de flâner. Être en ma propre compagnie m'enchante. J'ai l'impression d'avoir compris quelque chose : la mort ne change rien à l'ordre des choses. Si l'on me découpe le cœur, qu'y verra-t-on ? Sous les ventricules, les muscles, sous les muscles, les fibres musculaires, sous les fibres, les cellules, etc. À mesure qu'on s'approche de lui, le cœur s'éloigne. On ne peut pas aller y voir à fond. Le sang me frappe soudainement aux tempes. Je relève la tête et souffle un bon coup. Les cloches de l'église qui se mettent à sonner me tirent de mon étourdissement. Alors, la mort ? Est-ce que ça veut dire encore quelque chose, la mort ? La machine de la nature ne meurt jamais, puis-je conclure. La mort n'existe pas. CQFD.

J'ai tout pour garder le moral.

Sur un pont, je m'abîme dans la contemplation du tourbillon des flots. Pour un peu, je n'aurais qu'à basculer et, après la chute, le torrent m'emporterait. Mais en Suisse on ne peut en réalité jamais être tranquille. Un promeneur s'approche et me demande si tout va bien. D'autres questions sont posées. Polies mais fermes, comme celles des flics. Après s'être assuré que je m'engageais à respecter le calme de la ville, le promeneur m'a aiguillé dans la bonne direction. Ma main a lâché la balustrade et j'ai repris la route. L'homme m'a suivi longuement du regard.

En haut d'une grande montée, un panneau de signalisation indique la clinique Edelweiss. Je fumerais bien une Peter Stuyvesant longue à bout doré. Je n'en ai pas sur moi.

« À peine sentiras-tu peut-être une légère douleur à la première injection mais ce n'est rien du tout, juste une simple piqûre comme une petite saignée. Laisse-toi faire et sois confiant, mon vieux ! Les gens sont très bien là-bas. Virecoublay me l'a dit.

La transfusion se déroule en plusieurs étapes. Et puis après, rien : du repos, du repos, du repos ! Veinard, toi qui aimes les bouquins, tu vas avoir tout ton temps pour te retaper. »

Mon père avait toujours eu recours à ce style camarade pour me parler : à cinq ans, il m'appelait déjà « mon vieux ». Et c'est ce qu'il avait fait de moi : un vieux. Maman avait laissé faire, pensant que c'était pour mon bien. Julia s'en était infiniment mieux sortie. Elle était la vie. Elle se permettait parfois d'être insolente, ce qui m'apparaissait comme un don de la nature. Moi, je ne connaissais que la fronde silencieuse, le triste respect.

Toute mon enfance, je l'avais vécue comme un précipité de l'histoire de France, baignée de rêves. Selon l'âge et jusqu'à tard, je m'étais vu dans la peau de Vercingétorix, du Guesclin, Roland à Roncevaux, Bonaparte au pont d'Arcole. Toujours cette imagination à revendre et ces ambitions sous cloche. Mes figurines en plomb qui m'avaient fait espérer un destin exceptionnel se trouvaient aujourd'hui remisées dans une armoire vitrée d'un coin du grand salon. Un professeur de géographie remplaçant au deuxième semestre de 4e m'avait débusqué en quelques mots : « Élève sage mais enclin au rêve ». Lui avait compris. Mes parents, non.

J'ai toujours vu dans le nœud de cravate qui cercle la glotte de mon père la bosse d'un chameau. Depuis quelques années, sa colonne vertébrale ploie sous le poids des responsabilités. Mon père est un énarque qui n'a jamais eu d'ambitions politiques, ce qui est une triste chose. De ses modèles libéraux de jeunesse – celle du *Défi américain* de Jean-Jacques Servan-Schreiber – il a gardé une coupe de cheveux crantée sur le côté. C'est son seul panache. Tout le reste, son intelligence et sa vigueur, a été usé à la rédaction de notes de synthèse pour divers cabinets ministériels. De droite ou de gauche, indifféremment. Sans s'en rendre compte, mon père a travaillé depuis vingt ans avec un acharnement proche de la domesticité pour des hommes et des idéaux qu'il n'estimait pas. En famille, on ne lui connaissait qu'une seule passion : la voile. Un petit catamaran amarré à Vannes qu'il rafistolait en prévision d'un grand départ, son « tour du monde », prévenait-il, et à bord duquel il découvrait, sous le short marin, des mollets trop maigres et mal taillés pour l'aventure.

D'où tirais-je donc mon caractère mélancolique ?

De ma mère peut-être, si triste, ou bien de cette maladie qu'on m'avait détectée dès mon plus jeune âge. Victime d'un syndrome rare de dégénérescence sanguine, mes jours étaient déjà comptés. On avait tout essayé, les vitamines et les prières, les cajoleries et les mensonges. Maintenant, on me faisait le coup de la science et du remède miracle : la transfusion !

« Virecoublay est formel. Le procédé est révolutionnaire. Sans entrer dans les détails, mon vieux, c'est exactement ce qu'il te faut. Ta mère et moi, on s'est occupé de tout. Tu as juste à signer ici. Tu sais comme on tient à toi. Allez, sois raisonnable pour une fois… Tu sais qu'avec ton dossier médical tu n'aurais jamais dû faire l'armée. Alors t'engager, n'y compte pas ! J'ai dû intervenir en haut lieu pour faire résilier ton contrat. En dissimulant ces informations, tu as joué gros… Sans compter que cela aurait pu rejaillir sur ma carrière… Mais qu'est-ce qui t'a pris, Maxime, bon Dieu ! Pas de bêtises ce coup-ci. Quand je pense à tous mes collègues qui ont voulu faire réformer leur fils, je me dis qu'avec toi on marche sur la tête. »

Je ne pouvais plus me dérober à l'obligeance familiale. Ma sœur, Julia, avait été chargée de me faire entendre raison. Elle avait réussi. « Le plus beau cadeau, ce serait que tu restes en vie le plus longtemps possible », m'avait-elle dit. Et d'ajouter simplement : « Moi, j'ai besoin de toi. »

Le coût de l'opération équivalait à dix ans de salaire d'un ouvrier moyen. Ma vie vaut-elle autant ? On peut se permettre d'en douter. N'empêche : « Sang neuf », ça ferait un joli titre à consigner dans mon cahier d'œuvres avortées, mes petits fœtus.

Je suis un poète qui n'écrit pas, un petit soldat de plume et je me trouve un peu honteux parce que je sais, moi, que ça ne marchera pas, cette histoire de transfusion. Je me suis renseigné. Sur la maladie dont je suis porteur, on ne peut appliquer que des baumes et des prières. Dix ans de salaire d'un ouvrier volatilisés pour rien.

La clarté du jour brille entre les feuilles ocre des peupliers. Je contemple de loin la clinique Edelweiss, grande et large bâtisse aux lignes épurées. On dirait un gros nougat posé dans une vitrine. Mon regard se promène tout autour de l'habitat et embrasse le tracé régulier d'un immense parc. De l'autre côté de la rive, une montagne, comme surgie de la terre, se dresse, majestueuse. Puis j'aperçois un groupe de patients sagement calés dans leurs fauteuils, le cou enfoncé dans les épaules. Ils ont l'air de marionnettes sans ressort abandonnées sur le banc d'un théâtre de verdure.

Une inquiétude diffuse me saisit. Le spectacle désolant de ces corps privés d'énergie me semble soudain plus macabre que l'idée de la mort elle-même. Je prends une ample respiration. Mes poumons s'emplissent d'un air pur. J'avance. Il est temps d'en finir et d'appuyer sur le gros bouton de la sonnette que l'œilleton noir d'un visiophone surmonte.

Clinique Edelweiss
Sonnez deux fois

De grosses larmes se forment au coin de mes paupières avant que ma main n'esquisse un geste.

Non. Mon corps ne le veut pas.

Un tremblement.

Trois hirondelles s'élancent soudain de leur perron et fendent l'air, le tranchant cent fois de leurs vols sinueux comme si elles se livraient à une course folle. Elles rasent longuement le sol avant de corriger leur course et de prendre, en spirale, de l'altitude. Elles partent là-haut, vers la grande montagne.

Le gros œilleton du visiophone renvoie l'image d'un cyclope ridicule. Beuurk ! Œil de la malédiction. Il ne sert à rien de rester ici. De la vie, on ne guérit jamais. C'est elle, la maladie.

Loin de moi la promesse que j'ai faite à Julia. Loin de moi tout le reste. Combien de fois n'avais-je pas consciemment trahi les autres ? Mes parents que je prenais plaisir à agacer par mon silence, mes professeurs qui ne s'expliquaient pas mes résultats scolaires en dents de scie, jusqu'à mes petites amies qu'il m'arrivait de laisser en plan au milieu d'une avenue. Croyant être tourmentées par le grand amour, elles n'étaient que les pauvres victimes innocentes de mon immense lâcheté.

Je nc resterai pas ici. La nature nous appartient autant que nous lui appartenons. Cette montagne avec ses pics comme des dents de lait m'appelle. J'irai à elle.

CHAPITRE 13

La première heure, la cadence de mon pas répondait aux battements de mon cœur. Il me semblait impossible qu'à l'intérieur de cette souple machine quelque chose se déréglât. J'accélérai le tempo pour me le prouver. Le regard tendu vers le sommet, je continuais ma progression avec régularité. Au bout de deux heures, parvenu sur un plateau sur lequel le tracé de mon chemin disparaissait brutalement, je finis par regarder derrière moi.

En bas, le lac n'était plus qu'une flaque d'eau et le bâtiment de la clinique une boîte d'allumettes. La nature m'offrait un beau dessin géométrique qui se passe des hommes. Je n'avais ni faim, ni soif; ne ressentais aucun signe de fatigue. Venir à bout de cette montagne était devenu mon seul et unique but. Retrouverais-je là-haut, les ongles agrippés à la roche, quelques oiseaux en fuite ? Y serais-je délivré du mensonge et de la mort ?

Je me mords fortement la lèvre. Un filet de sang court dans ma bouche.

Je reprends l'ascension.

Un mauvais sentier part le long d'une corniche ; le sol devient glissant. D'une main, je m'accroche aux ravenelles. Tant pis si la prise n'est pas sûre, je continue. Mes chaussures ripent sur la pierre. Il fait maintenant si chaud. Tout mon corps est en nage, mes poumons traversés de mille aiguilles. Un vertige commence à me gagner mais je me ressaisis. Je regarde toujours vers le haut. Là où il n'y a rien. Rien qu'un pic de granit piquant un bout de ciel. Je franchis une nouvelle paroi, le corps collé au rocher, j'atteins enfin le sommet. Sur une pierre plate, je m'allonge, l'âme soulagée d'un grand poids. Laissant choir ma nuque en arrière, mes yeux se tournent vers le soleil. Un malaise me saisit, je m'abandonne au tourbillon intérieur.

En voulant me relever, je n'ai pas réussi à contrôler mon équilibre. Moi qui pensais être un oiseau prêt à prendre son envol, la masse de mon corps chute. Je ne fais plus que rouler, rouler dans une pente de graviers, de terre noire retournée et de fleurs épineuses. Mon crâne tape la roche. Je perds conscience enfin.

Sur zone, on dépêcha un hélicoptère. Une escouade de sauveteurs descendit en rappel au cœur d'un ravin. Ayant précautionneusement disposé ma carcasse sur une civière, puis m'ayant recouvert d'une couverture en aluminium, on me hissa dans les airs. Mes chaussettes sales et mon jean déchiré, et ce caillot de sang brun qui coagule dans mes cheveux, jurent avec les rutilantes combinaisons des sauveteurs. « Il respire encore », dit-on.

À mon réveil, je crois distinguer, assise dans un fauteuil, près de la fenêtre, la silhouette d'une femme qui tricote. Je pense à ma grand-mère qui, à la fin de sa vie, s'était jetée dans cette activité avec toute la ferveur que communique la foi. Alors je suis peut-être rendu au paradis, me dis-je, car ma grand-mère y est à coup sûr.

Je referme les yeux et repars dans les vapes.

Adios.

De la bouche d'un médecin qui mange les voyelles, j'apprends deux jours plus tard que je m'en sors à bon compte.

« Malheureusement, le traumatisme crânien dont vous souffrez rend impossible le programme de transfusion prévu », me prévient-il avant de refermer la porte de la chambre.

Une intense douleur m'empêche de dormir. On m'a changé d'étage. Demain, mon père sera là et il faudra rendre des comptes. Cette fois, comme il l'a annoncé, il tient à avoir avec moi une sérieuse explication.

Le lendemain, je le vois arriver. Avec sa mallette et son costume trop ample.

« On ne te comprend plus. Il y a ta maladie et voilà enfin une chance qui se présente de te raccrocher à la vie, et toi, tu balances tout en l'air. Ta mère et ta sœur ont cru devenir folles. »

Il faut le voir faire des grands gestes avec ses bras courts. Étrange coléoptère.

« Elles prient pour toi chaque jour, tu sais », renchérit-il.

Je baisse la tête pour marquer ma contrition. Mon père continue de se faire le très zélé rapporteur des souffrances endurées par sa femme et sa fille. « Tu les as mises dans un état. Tu ne peux pas leur faire ça », rabâche-t-il.

Debout, il prend racine devant mon lit, avec son costume froissé et son pantalon ceinturé sur l'abdomen. En service commandé, le grand général dépêché par la famille a l'allure d'un contrôleur de train poinçonnant les billets.

« La vie, Maxime, la vie. C'est le bien le plus précieux », tente-t-il.

Rien de plus navrant qu'un énarque qui parle comme un publicitaire !

Il me vient une idée pour abréger l'échange. Je suis décidé à faire un geste. Je signerai ce qu'il veut. Oui, j'ai bien retenu la leçon. Je promets de me reprendre en main. Je rachèterai mes « conneries », reprendrai des forces, me mettrai vraiment au boulot. D'ailleurs, depuis que j'ai frôlé la mort, je redécouvre « le goût de la vie ». Et son prix. Finis les mauvais tours, l'immaturité, la jeunesse. Je jette tout ça à la poubelle des souvenirs, au linge sale des infortunes. Je promets tout ce qu'on veut. Il me vient une idée, un solide projet : préparer Sciences Po ! Je suis content de ma trouvaille. Tout rentrera dans l'ordre maintenant.

Papa apprécie mon couplet. Il reprend au refrain que tout marchera droit maintenant. Le général peut rentrer victorieux à la maison.

Une fois la chose entendue, on s'est serré la main comme deux maquignons d'accord sur le prix d'une carne.

CHAPITRE 14

À la maison, tout le monde se montre prévenant avec moi. L'hiver est arrivé. Dans la crèche, le petit Jésus se laisse caresser la figure par le museau d'un âne. J'aimerais prendre sa place. Les murs de ma chambre sont toujours recouverts de cette toile de jute vert sombre qui leur donne une prestance impériale. Le *chic* du VIIe arrondissement. Depuis des semaines, je suis à la lettre un régime drastique à base de cocktails vitaminés censés me redonner des forces. Plus de cent jours que je traîne, Napoléon en robe de chambre, avec la formelle interdiction de sortir. En flânant du côté du vestibule, je suis heureux de découvrir sur un post-it qu'un dénommé Castor et un certain Madjid avaient plusieurs fois cherché à me joindre. Ma mère, sans entrer dans les détails, leur avait expliqué que j'avais besoin de repos ; elle avait quand même noté leurs numéros.

Parmi les cadeaux reçus que j'affectionne le plus : le dessin d'une petite cousine qui me représente avec de grandes oreilles et une montre à aiguilles ayant appartenu à mon grand-père et dont le mécanisme à ressort est arrêté. Je ne sais plus qui a pu m'offrir cette écharpe tricotée, ni cet harmonica. En fouillant, je trouve aussi des cartes postales collectionnées enfant, souvenirs de vacances à la pelle, un bouquet de lavande séché, un missel. Mais surtout il y a dans une enveloppe ce « très gros chèque » que l'oncle Archibald m'a adressé depuis les États-Unis.

D'oncle Archie on ne prononce le prénom en famille qu'à mi-voix. Archie est devenu un ponte de l'industrie agro-alimentaire, là-bas, « aux *States* ». Contrairement à son frère, il n'a pas fait l'ENA et se vante même de ne pas avoir son bac. Mais lui a bien lu *Le Défi américain*. Archie aime dépenser sans compter, ce qui fait enrager mon père. « Un beauf' sans manière et rien d'autre. Il n'a aucune morale », rabâche-t-il.

Tout de même, un beauf qui a réussi et qui a très bon cœur. La somme libellée sur le chèque donne véritablement le tournis. Oncle Archie n'a pas mis de destinataire, se contentant de m'écrire sur un bristol :

« Fais-en ce que tu en veux, et puis fais ce que tu veux. »

Je trouve que c'est une belle morale. Ma mère n'aime pas voir le chèque traîner sur ma table de nuit. Elle ne se sent « pas tranquille avec tout cet argent », dit-elle. Je lui fais remarquer que ce ne sont pour l'instant que quelques pattes de mouche sur un bout de papier.

Au-dessus de mon lit, j'ai punaisé le portrait que ma petite cousine a dessiné. La montre au cadran bloqué s'affiche maintenant à son poignet. J'ai appris par cœur les numéros de téléphone de mes amis et m'apprête chaque jour à les appeler. Je n'en fais rien. Depuis quelque temps, je suis à la radio les débats s'envenimant au sujet de la contestation étudiante qui, dit-on, grossit de jour en jour. Principalement, les grandes facs parisiennes ont « débrayé ». Tous, étudiants, travailleurs, salariés du public comme du privé, sont invités à rejoindre le mouvement pour l'amplifier et investir la rue, marquer les consciences. Les éditorialistes annoncent qu'il faut s'attendre à vivre demain des heures de désordre. Ils dégainent les grands mots : « bras de fer », « situation d'urgence », « panique », avant de lancer une page de publicité. Je baisse le volume du poste de radio.

Le médecin, grand albatros en chemisette et ami de la famille, passe chaque semaine me visiter. La version officielle est qu'on ne doit pas s'inquiéter outre mesure. Si ça se trouve, tant l'organisme est mystérieux et la science souvent contredite par des réactions fulgurantes, j'allais nous faire un beau centenaire. Du reste, mes tests sanguins sont passables. Mes taux de globules s'équilibrent plus ou moins. Indubitablement, on ne veut voir que le bon côté des choses. Cela me va.

À table, mon père prend très au sérieux mon projet de préparer Sciences Po. Il dit « les Sciences Po » et clame sa fierté. Il se retrouve enfin dans les ambitions de son fils. Un jour, « la boucle sera bouclée », affirme-t-il. Il parle ainsi : « Les choses, avant instables et mal construites sur un sol meuble, se solidifient aujourd'hui, prennent leur sens, rentrent dans l'ordre. » « L'ordre », mot ultime qui à lui seul résume tout.

Mais ces derniers temps, c'est surtout Julia la vedette. Quelle mouche l'a piquée d'aller prendre part au mouvement étudiant ? Son engagement contre la politique du gouvernement – qu'en savait-elle jusqu'alors ? – a surpris tout le monde. Son nom apparaît même sur une liste de défense d'un collectif des sans-papiers. On aura tout vu.

« Il faut faire attention aux discours, ma fille. Surtout ceux des professionnels de la manipulation qui jettent de l'huile sur le feu. On vous monte la tête.

— Pourquoi dis-tu ça exactement, papa ? l'affronte Julia.

— D'après ce que me rapporte ta mère, ce garçon que tu fréquentes semble avoir sur toi une influence.

— Tu peux l'appeler par son prénom.

— Oui, et comment s'appelle-t-il déjà ?

— Sacha. »

Je comprends maintenant pourquoi ma sœur resplendit autant.

CHAPITRE 15

La foule déborde sur le boulevard. Certains sont montés sur les abribus pour regarder, les pieds au sec, jusqu'où s'étend le flot du cortège. La rumeur s'amplifie : nous sommes près de cinq cent mille. Cela me paraît très présomptueux mais je n'y connais rien, c'est ma première manif. « Paraît que les autres ont pas encore quitté Bastille », entend-on. « J'ai jamais vu ça », dit une dame âgée, les larmes aux yeux, exhortant les jeunes à continuer de se battre. « Vous avez bien raison de le faire car personne ne le fera pour vous. » Elle en a vu des générations et des générations, et c'est toujours la même histoire qui se répète. Il faut pas se laisser faire. Jamais.

« Ce sont les riches qui décident, répète-t-elle à la cantonade. »

On acclame la vieille dame.

« Vous ne savez pas encore ça, vous, jeune homme », me déclare-t-elle en me prenant à témoin.

Y a-t-il dans mon allure quelque chose qui me trahit ? Ou bien était-ce mon air inexpérimenté qu'elle vient chamailler ?

Je lui fais remarquer qu'un jour vient où même les riches manquent de tout.

« Vous êtes un drôle, vous. Un bon drôle. »

Oui, un drôle, un zouave.

Sous les bannières peintes en rouge, on agite des pancartes et on hurle des slogans. Progressant à contre-courant, j'évite le gros de la foule qui me tombe dessus comme un paquet de vagues. Rejeté sur le bas-côté d'un trottoir, je reprends mon souffle avant de replonger au cœur de la houle. Un type me colle un tract entre les mains où il est posé en quelques points que c'est « avec notre argent qu'ils font leurs profits ». En vrai et logiquement, ce raisonnement se tient.

Quelqu'un me demande l'heure. Je consulte le cadran de ma montre.

« Désolé, elle s'est arrêtée. À vue de nez, il est midi. Le grand midi des choses. Regardez, on ne voit plus nos ombres. »

C'est vrai. Au sol, on ne voit que ses pieds.

J'accroche enfin la queue du cortège qui serpente sur la place. Je finis par localiser le groupe des Autonomes. Sous un drapeau qui flotte au vent, monté sur des échasses, un gars à la barbe longue et aux yeux caves lance des slogans que le groupe reprend en chœur. Dans cette tribu qui bat le tambour, des garçons, le visage caché par un foulard, et des chiens faméliques affublés d'un bandana autour du cou qui les suivent en tirant la langue.

Je redescends quelques rangs et c'est là, à ma gauche, que je découvre Sacha et Julia, lui en jean troué et elle en petites baskets roses. Je sens une onde de joie me traverser. Cela me fait quelque chose de les voir se tenir par la main. Quand mon mal sera devenu trop grand et sera sur le point de m'emporter, ce souvenir me réchauffera le cœur. Il est temps de les laisser et de ne pas être surpris. La marée humaine m'aspire.

Au bout du cortège défilent les Anarchistes ; derrière eux, des rangs de gendarmes bottés, casqués et, tout à la fin, les employés de la voirie avec leurs combinaisons vert et jaune qui tournent en rond dans des gros camions et des petites voiturettes. Le sens de la manifestation devrait s'inverser, les damnés de la terre se retrouveraient devant. Ce serait plus logique, non ? Mais bon, je ne saurais me prononcer.

À bout de fatigue, je hèle un taxi. La conversation s'engage avec le chauffeur. Ce qu'il pense des manifestations et de tout ça ?

« Ce sera oublié en moins de deux. Et tout le monde retournera au turbin. »

Il avait raison. Une semaine plus tard, une grande vague de froid s'est abattue sur la capitale et les rues se sont vidées.

CHAPITRE 16

La télévision, c'est juste une voix sur des images. Même plat, l'objet s'intègre mal à quelque mobilier que ce soit. Et puis l'écran éreinte l'esprit, beaucoup plus qu'un livre. Je suis suffisamment fatigué comme ça pour ce soir. Je presse le bouton de la télécommande en m'en voulant d'avoir perdu mon temps. Mon « Que sais-je ? » sur le droit constitutionnel gît au pied de mon lit. À côté, quelques phrases du général de Gaulle extraites de ses *Mémoires* sont griffonnées sur un cahier. Les phrases du Général sont précieuses comme celles d'un bréviaire. En bien des circonstances elles peuvent servir, et surtout pour l'entame d'une composition. Hauteur de vue, souci de la langue, sens politique : une exigence française que recherchent les professeurs. Un bon élève doit rassurer. Au moins, j'ai bien compris ça. Contre toute attente, je suis admissible à Sciences Po. Le jour de l'épreuve, j'ai été moi-même le premier étonné d'avoir tant de choses à dire sur « les grands choix de la France dans l'entre-deux-guerres ». De quoi ai-je parlé ? De rien. Des noms de présidents du Conseil, des noms de ministres, quelques anecdotes, une suite d'idées générales, une référence à un fameux scandale. De faibles connaissances, beaucoup d'imagination. Et voilà ! Ma dissertation fut une gigantesque imposture que j'ai eu la sagesse de dérouler en mode mineur. Toujours rassurer ! C'était à se demander ce qu'ont bien pu raconter les autres.

Admissible, quand même. Mon père n'en revient toujours pas.

Pour l'oral, ma mère m'a offert un polo à manches longues. Si je suis reçu, papa a juré qu'il me donnerait son bateau. Les parents sont des enfants. Ils ne comprennent jamais rien. Il ne faut pas leur en vouloir.

Quand je me contemple devant la glace, je sais quelles sont mes armes : une adresse près des ministères et des mocassins cuir pleine peau, une solide mémoire et des manières sans afféteries. Avec mon élégante maigreur sous mon polo neuf, je ferai un candidat très présentable. Et avec les années, j'aurais développé cette persévérance agressive dont font preuve les individus soucieux de se maintenir dans l'élite. Ç'aurait été facile de croire que j'étais des leurs. Dommage que je n'aie pas le temps. On aurait bien rigolé.

Le médecin ne dit plus rien au sujet des examens de sang. On est vigilant. On surveille. « Mais vous vous accrochez pour Sciences Po », me glisse-t-il d'un air enthousiaste, comme si je venais d'obtenir ma qualification pour le dernier carré d'un tournoi du Grand Chelem. Puis le doc' reprend sa grosse sacoche en cuir. Les percepteurs des impôts en avaient jadis de semblables.

Il y a des conciliabules à mi-voix dans le couloir. Je devine qu'en vérité les résultats sanguins ne sont pas bons. Les doses prescrites ont augmenté. Julia n'est pas rentrée depuis plusieurs jours. Cela fait des histoires. J'aime me rendre dans sa chambre pour voir à quoi ressemble la cage dorée dont l'oiseau s'est envolé. Les filles sont plus brutales que les garçons. C'est peut-être pour ça qu'elles sont toujours en avance. Elles sautent des étapes.

Je trouve un carnet dans lequel Julia consigne ses pensées. Elle a recopié des vers d'Aragon au dos d'une carte postale de Man Ray. Je tombe sur un ticket de concert de Portishead. Connaispas. Suivent des pages et des pages d'écriture sur l'injustice du monde et la grandeur de l'amour. Pourquoi pas. J'aimerais partager cette foi en l'autre mais ce sentimentalisme me fait me gaber. Les gens n'ont pas de pudeur. Les jeunes encore moins. Parfois, je sens que mon âme est gelée.

Ce soir, je ne trouve pas le sommeil, mon esprit découpe la réalité au lieu de l'embrasser. Un vague désir de réussite me gonfle le cœur. Mais ce petit orgueil d'épicier me dégoûte. Il me faudrait penser à autre chose ou ne plus penser du tout. Je n'arrive plus à bander.

Je m'abandonne enfin au plaisir du sommeil, cette autre petite mort, si douce.

QUATRIÈME PARTIE

CHAPITRE 17

Place du Châtelet, je vois mes amis débouler. J'observe Castor pris dans le tintamarre de la ville. Il tourne sur lui-même, l'œil un peu étourdi par tous ces gens qui vont et viennent. Madjid arrive aussi. Il porte une gabardine cintrée et, sur la tête, un feutre noir qui penche savamment de côté. Depuis un mois, Madjid est inscrit dans un cours d'art dramatique.

Leurs silhouettes s'approchent et s'impriment dans ma rétine. Ils viennent jusqu'à moi et m'embrassent. Ne sachant comment entrer en matière, Castor prend un air solennel :

« Alors, comment va, Max ? »

Ils sont au courant pour ma maladie, la Suisse, l'accident, tout le toutim. Je réponds que je suis toujours en vie. C'est l'essentiel. On me félicite. On me trouve bonne mine alors que je suis d'une pâleur effroyable.

« Et Sacha ? » demande Madjid.

Sacha ne viendra pas. Il a une bonne raison. J'explique qu'il sort avec Julia. Il a tiré la bonne carte, celle de l'Amour. Le mot reste dans l'air, accroché au réverbère, tandis que le soir se répand avec lenteur sur la ville.

Près de la place, nous partons trouver asile dans un bar. Je me tiens en retrait pour mieux entendre mes amis parler. Mais sont-ils vraiment mes amis ? Il nous faudrait toute une vie pour le savoir. Il nous faudrait vivre de grands moments et subir des petites trahisons pour le savoir. Nous n'avons pas encore fait ce chemin. L'armée nous semble déjà loin. Ce n'est plus qu'un souvenir irréel, un grand jeu nocturne organisé le dernier jour d'une colonie de vacances. À chaque fois qu'on m'interroge sur mon mal, je tourne la chose en dérision. Je sens qu'on m'observe en coin. Mon teint doit encore être plus pâle que tout à l'heure. Les lumières jaunes du néon n'arrangent rien.

Nous commandons d'autres pintes de bière, Castor raconte comment les choses tournent pour lui. La coopérative agricole pour laquelle bossaient ses parents a mis la clé sous la porte et le directeur a fait main basse sur la caisse. « Votre terre, c'est plus que des cailloux », leur a-t-on expliqué. Un expert est venu dire que leur exploitation ne serait plus assez rentable. Ses parents font encore un peu le lait et le cochon. « Du travail, il y en a, monsieur, pour les jeunes gens courageux, mais ailleurs », lui a-t-on fait comprendre. Il suit à présent une formation professionnelle dans une usine de découpe de plastique à Romainville. L'usine, la vraie, se situe en Angleterre dans la banlieue de Sheffield où, si tout se passe bien, il pourra toucher un salaire et apprendre la langue dès le mois prochain. Pour l'instant il vit dans un foyer de jeunes travailleurs.

« Ils nous prennent vraiment pour des cons », dit-il.

Le Général n'aurait pas dit mieux.

Nous nous sommes retrouvés, nous ne nous quitterons plus. Les oreilles de Sacha doivent siffler. Quel joli cœur il fait. Tu parles d'un révolutionnaire de gala ! Nous nous marrons à ses dépens. Les absents ont toujours tort. On se reverra vite, promis. Mes amis ont l'air sincère en avançant cela. Castor me dit que Suzy a demandé de mes nouvelles. Je comprends qu'il est devenu un habitué. « Un habitué de Rosy », précise-t-il. Nous voilà presque beaux-frères. L'idée nous fait rire.

Castor et Madjid m'aident à rentrer chez moi. Je ne tiens plus très bien sur mes jambes. L'alcool et les médicaments me distillent en intraveineuse un blues seize mesures.

« Ça va aller, j'vous promets. »

CHAPITRE 18

Depuis un bon mois, je passe mon temps à lire des livres d'histoire et de philosophie politique. Mon retard est immense et mon ignorance aussi. La pratique et le mystère de la foi au Moyen Âge m'intéressent plus que les querelles d'ego sous la Ve République. Je voudrais tout connaître de Persépolis, la ville disparue. Je me passionne aussi pour la girafe de Charles X, véritable coqueluche de la Restauration. Au lieu de cela, je m'astreins à regarder tous les jours le journal télévisé et lire *Le Monde* en diagonale. Cela fait tellement plaisir à papa, à maman. Si je ne le savais pas, je découvre à quoi préparent les concours : à un conformisme plaintif et à une vanité de caste héréditaire. Nos pairs sont nos pères et leurs vêtements attendent sur cintres dans nos penderies que nous les revêtions.

D'un geste las, je referme la fermeture éclair de ma trousse de toilette. Mon traitement est devenu très lourd. Chaque matin, je dois avaler une dizaine de petites pilules. Je considère cela comme un mal nécessaire, une gymnastique d'endurance. Ma flore intestinale est complètement bousillée et mon cerveau anesthésié pendant une bonne heure durant laquelle je somnole. Après, la vie revient et c'est comme si, au printemps, le monde se réveillait : avec les étranges couleurs vertes de ma chambre, avec le pas léger de ma mère que je confonds avec celui de la bonne, avec la gravité du père, avec la lourde sacoche du docteur, avec les pellicules de poussière visibles dans l'air à contre-jour, avec la fugacité de toute chose. Les aiguilles de la montre que je porte au poignet demeurent en arrêt. Par automatisme, la procession des Premiers ministres de la Ve se met en branle : de Gaulle, Debré, Pompidou, Couve de Murville, Chaban… Je suis bien décidé à endosser le chèque de l'oncle Archie que je sors de son écrin – un portefeuille cuir pleine fleur italien dans lequel ma mère l'avait rangé – et fourre dans la poche arrière de mon jean.

Castor a donné des nouvelles. Son travail en Angleterre est abrutissant. Il a compris que découper du plastique ne le rendrait jamais ni heureux, ni prospère. Il ne sait plus quoi faire. Le peu d'argent qui lui reste, il va le boire avec d'autres Français, embarqués comme lui. Fait-il des progrès en langue ? Oui, certainement. Il met *fuck* à toutes les phrases, à toutes les sauces. En plus, Rosy lui manque. Il n'a pas trouvé d'équivalent à Sheffield. Il dit qu'il s'accrochera jusqu'à la fin du mois pour toucher son semblant de paye, et puis *bye-bye* l'Angleterre. Il rentrera.

Madjid, très exalté, est passé me voir. Il a trouvé une place à la caisse d'un théâtre. Il déchire les tickets et place les gens. Payé au pourboire. La grande vie… Je l'imagine furetant dans les rangs puis, une fois le spectacle commencé, devançant les répliques des acteurs, jugeant à l'oreille si ce soir le public est bon ou non, recevant dans l'ombre à son compte les applaudissements.

Il m'est désormais déconseillé de sortir mais je retrouve régulièrement Sacha en milieu d'après-midi dans une grande brasserie du quartier. C'est pour l'oral de Sciences Po. Je lui pose des tas de questions sur la gauche. Je voudrais savoir les trucs qui font bien. Avec patience et méthode, avec un constant souci d'inobjectivité, Sacha raconte. Il raconte – c'est fascinant – la révolte de Spartacus, les discours de Gracchus Babeuf, Louise Michel, Bakounine, la bande à Baader. Si j'avais un bon illustrateur sous la main, je ferais mettre tout ça en bande dessinée et ça ferait un album *terrible* avec de l'aventure à gogo portée par des gus aux têtes pas possibles.

Sacha tient le crachoir. Il est parfaitement incollable. Une fois qu'il est lancé, on ne peut plus l'arrêter. C'est lui qui devrait passer les Sciences Po au lieu de s'en aller au fin fond de l'Île-de-France distribuer des tracts à la sortie d'usines dont on ne sait même pas ce qu'elles fabriquent : Eurométal, Citelex, Mazancourt, Cété Nord, Blassainville. Des gens font encore ça. Des militants.

La vie est mal faite.

Je le vois caresser sa barbe naissante. Au détour d'un détail historique, il revient sur la situation présente pour souligner à quel point, par une grande chaîne de causalité, tout est indéfectiblement lié. Il est un alchimiste cherchant une formule magique. « Le gauchiste est kabbaliste. » Peut-on dire ça à l'oral de Sciences Po ? Ce serait plus drôle. Je n'ai plus vraiment envie de m'y présenter. Au fond, je n'ai fait tout cela que pour rassurer mes proches. Et pour avoir la paix. Comme ces patrons qui achètent la paix sociale de leurs employés avec des primes minables et des mots d'encouragement.

Ce matin, je me suis levé tôt. J'ai bu deux cafés et pas pris mes médicaments. J'ai enfilé mon jean, un tee-shirt et mon blouson, puis j'ai quitté l'appartement. Je m'autorise encore des fugues dans un périmètre restreint, jusqu'où mes forces peuvent me porter. Une pluie fine m'accompagne tout au long de ma promenade. Elle nettoie mon visage, tel un brumisateur. La Poste du coin est ouverte. J'y fais la queue. Je fais partir en *chrono* le chèque de l'oncle Archie vers l'Angleterre. C'est pour Castor. Pourvu que sa fortune soit faite.

Puis, une fois que toutes ces petites affaires sont expédiées, je m'offre une courte promenade. La pluie a cessé. Les moutons des nuages se sont dissipés, écartés par les bâtons des rayons du soleil qui les poussent à aller paître ailleurs. J'avance à petits pas le long d'un quai où se trouvent amarrées des péniches. Juché sur l'avant-pont d'une vieille gabarre à la coque goudronnée, en équilibre sur une patte, un goéland se tient. Comme l'oiseau me sourit et me souhaite une bonne journée, je m'incline et lui réponds :

« Un beau jour pour mourir, n'est-ce pas ? »

Mais les remous de la Seine sont trop vifs et l'eau est trop froide. Il ne ferait pas bon s'y jeter. Certainement pas. Est-ce que c'est parce que la vie est si triste qu'il faut la rendre gaie ? Je m'interroge.

Il me reste peu de temps pour trouver les bonnes réponses.

CINQUIÈME PARTIE

CHAPITRE 19

Il n'est plus question de Suisse, ni de se faire changer le sang. Il n'est plus question de conciliabules dans le couloir avec le médecin, ni de projets d'avenir, de Sciences Po, des meilleures filières, de la grandeur de la France. Il n'est plus question de bateau, ni de tout le reste. Je suis au lit et j'ai peine à me lever. J'ai encore maigri. Mes jambes ne me portent presque plus. Mais j'ai toute ma tête. Ma mère me parle d'une voix qui s'efforce à la gaieté. Mon père, toujours avec cet air de camaraderie, assure qu'on va s'en sortir. Je ne leur en veux pas. Je voudrais leur dire une bonne fois pour toutes que je sais. N'est-ce pas que c'est foutu, hein ? J'ai fait rapprocher mon lit de la fenêtre et passe mon temps à contempler la rue.

Mais pourquoi Madjid s'évertue-t-il à venir me voir ? Et Castor, Sacha, qu'est-ce qu'ils viennent chercher ici ? Je me pose des questions. Il n'y a qu'une âme triste et qu'un corps faible à contempler ici. Tu parles d'un tableau.

Par rite établi, je propose toujours à mon visiteur de faire un jeu de cartes. Une bataille ou une partie de crapette. Castor et Madjid s'exécutent volontiers. Seul Sacha trouve cette passion suspecte et curieuse, il tente de me ramener chaque fois vers une discussion sur le sens de la vie. Je n'ai plus de temps pour les choses sérieuses.

« Une petite bataille ? Une crapette ? »

Après ce cérémonial exécuté dans une sorte de frénésie (peu importe que le jeu soit gagné ou perdu), chacun, Sacha, Castor ou Madjid, se raconte. Madjid narre ses frasques et décrit les filles qu'il pense avoir séduites :

« Raconte encore. »

Chaque soir, Madjid se jette dans la nuit avec une bande de garçons et filles, comédiens comme lui, qui se laissent porter par le jeu du désir. Tous ivres de mots et de vin, ils se frottent les uns aux autres.

J'exige des détails. Une nouvelle fois le souvenir d'une nouvelle nuit avec une nouvelle fille. Cela peut durer longtemps tant Madjid prend plaisir à revivre chaque situation.

Avant de partir, il m'annonce qu'il vient de lire dans une revue scientifique un article qui fait état des progrès considérables de la médecine, et que justement concernant ma maladie, il y avait bon espoir de bientôt… Ces paroles, aussi vaines soient-elles, sont quand même gentilles.

Puis Madjid me quitte. Il se retire sur la pointe des pieds, comme on laisse derrière soi un enfant dormir.

Je ferme alors les yeux et m'abandonne à des bribes de rêveries. Me reviennent la grosse voix de l'agent qui faisait la circulation devant l'école, l'odeur de neuf des sièges de la voiture de mon père, le bruit des vitres électriques, et la forme des boutons avec lesquels il ne fallait pas jouer. La hauteur des trottoirs. Les jambes des adultes sur lesquelles on butait. Et l'oncle Archie ? Je ne le revois que depuis la rive d'une autre vie, d'un autre continent. Certains êtres, certaines choses ont-elles vraiment existé ? Mon enfance leur avait donné des couleurs douces qui se croyaient inaltérables. Mais les contours des images tremblent et s'effacent malgré tout. L'enfance ne me rejoint plus que par convulsions chimériques. Si jeune et déjà si vieux.

CHAPITRE 20

J'avoue que de Castor, je profite. Deux fois par semaine, il vient me rendre visite. Après le déjeuner, je réclame ma sortie. Alors Castor me prend sur son dos et me promène jusqu'au square de la rue Las Cases au petit trot. Face à ce numéro de duettistes personne n'ose protester. Les flics en faction ont pris l'habitude de nous voir passer. Parfois, ils se mettent au garde-à-vous.

Et puis, chaque fois, c'est la même histoire. Nous rentrons à la maison et notre dispute reprend. Castor ne veut toujours pas endosser le chèque de l'oncle Archie. C'est trop d'argent, dit-il, et il ne le mérite pas. Avec les forces qui me restent, je parviens à me fâcher. Je tonne : « L'argent, c'est fait pour changer de mains. » Ce n'est même pas une question de talent ou de mérite. La plupart des riches méritent-ils l'argent qu'ils ont en banque ? Sûrement pas. Cet argent-là tombe du ciel, c'est-à-dire d'Amérique, il faut donc lui tendre les mains. Tout prendre. J'ajoute : « L'Amérique, l'argent, les grands gestes, ça risque de pas durer, tout ça. Profite. »

Cette fois, Castor a fini par céder. Je me doute que s'il a accepté d'encaisser le chèque, c'est surtout pour ne pas me contrarier. Que va-t-il faire de tout ce pognon ? se demande-t-il. Avant tout, réparer le tracteur, puis mettre ses parents à l'abri du besoin, puis relancer doucement l'exploitation. Il me présente son projet. Sur le tapis de la chambre, il délimite les arpents de terre. Je fixe les poils du tapis qui se dressent comme des épis dans des champs de blé.

« On ira là-bas, Max; tu viendras, dis ? » s'enthousiasme-t-il.

Les frontières de ce paysage resteront pour moi imaginaires.

« Oui, quand ça ira mieux. »

Cela n'ira jamais mieux.

« Qu'est-ce que tu voudrais faire, Max ? »

Je ne sais pas. L'envie de rien. Ce que je voudrais, moi, c'est retourner à la Madeleine avec les autres. Je voudrais revoir Suzy, ma fille à moi, ses seins blancs et son crucifix ; et qu'on m'appelle encore « le Poète » près d'un comptoir.

CHAPITRE 21

Ces dernières semaines, j'ai reçu quantité de nouveaux cadeaux. Je ne compte plus les écharpes en cachemire, les livres et les stylos-plume, les paires de chaussettes et les trousses de toilette. Parfois je préfère ne pas les sortir de leurs emballages en pensant que demain ils pourraient mieux servir à quelqu'un d'autre. Ce temps qu'on avait pris en haine, on s'aperçoit un jour qu'il passe trop vite.

Depuis qu'il a empiré, on juge mon état de nouveau stationnaire. Ma vie se résume à une somme de colonnes, de chiffres et de courbes. Les allers et retours à l'hôpital en ambulance me fatiguent mais j'aime bien le bruit de la sirène. On me demande sans cesse de quoi j'ai besoin, ça finit par m'énerver. Je voudrais la paix et aussi quelque chose d'éclatant : une étincelle.

Au fond d'une boîte, je déniche une simple pierre taillée et peinte, montée en soudure sur une épinglette à moitié tordue. Je pense que Sacha sera certainement étonné de retrouver son étoile rouge ici – voilà un an qu'il la cherche partout.

Un matin, alors que je suis en train de contempler mon harmonica au lieu d'en tirer quelques notes, on vient frapper doucement à la porte de ma chambre. Puis, ça toque un peu plus fort.

Je découvre un homme en costume gris qui demeure, bras pendants, pieds alignés, en arrêt au seuil de la pièce. Il s'agit d'un homme sans âge et sans véritable corpulence : un vieux jeune, un faux gros, un nounours diabétique. C'est en observant sa coupe de cheveux au rasoir et son col de chemise repassé que je comprends. Voici Monsieur le Curé qui me fait l'honneur d'une visite ; il passe dans les rangs des âmes pour voir si tout va bien…

« Bonjour, j'espère ne pas vous déranger. »

Évidemment, qu'il dérange.

D'abord, depuis l'enfance, j'ai appris à être seul sans m'ennuyer. Chez les bourgeois, on sait rêver et haïr en silence. Ce sont les enfants des pauvres qui crient et qui réclament tout le temps. Ensuite, la venue de ce prêtre ici, à cet instant, me paraît aussi incongrue qu'effrayante. Mon pouls s'accélère. Me reviennent ces scènes de romans où le prêtre chasse le médecin parce qu'il n'y a plus rien à espérer désormais. L'homme aura-t-il sur lui un crucifix qu'il faudra baiser du bout des doigts ? Me reviennent aussi en mémoire les prières apprises dans le froid des sacristies. Enfin, ce brusque retour du religieux ne présage rien de bon. La mort rôde.

« Permettez ? »

Il se dirige maintenant vers mon lit, prend place en équilibre, une demi-fesse calée sur le rebord du matelas, l'autre dans le vide, les pieds toujours bien à plat au sol.

« Je vous en prie.

— Maxime, je sais par votre mère qui fréquente la paroisse votre maladie. Et, sans vouloir vous importuner… Il arrive que dans ces moments, on se sente seul et affaibli. Parfois une parole, une main tendue… »

Voici donc la dernière trouvaille de maman : faire venir le curé *at home*. Maman croit au Message. Elle croit à cette foi de Dieu qui fait au corps mieux qu'un régime mais tord bizarrement son visage et celui de ses amies. Jamais compris ce prodige.

« Vous êtes un messager de Dieu, n'est-ce pas ?

— Oui, si l'on peut dire, répond prudemment le prêtre.

— Mais s'il voulait quelque chose de moi, il n'avait qu'à venir me le demander lui-même.

— Il n'a pas pu, à cause d'un empêchement. Il est indisposé. Depuis que les hommes l'ont cloué sur la Croix, il a du mal à se déplacer. »

Je suis obligé de sourire. L'Église doit être dans un grand état de faiblesse pour avoir retrouvé le sens de l'humour. J'observe de plus près Monsieur le Curé.

Avec son menton parsemé de petits boutons et ses doigts boudinés, vraiment mon curé n'a rien de ces vierges diaphanes des églises qui invitent au salut. Et pour l'instant, ses arguments sont maigres.

Je relève le buste pour voir quel temps il fait au-dehors. Un drôle de vent tournoie au-dessus des ministères.

« On sait qu'il n'y aura pas de rémission. Vous êtes donc venu vous occuper de mon salut. Âme et corps pour le même prix, c'est bien ça ? »

Il ne dit rien. Sa pomme d'Adam s'enfonce dans les sables mouvants de son menton mais il conserve un regard bienveillant. Bien sûr qu'il en a vu d'autres : des plus retors et des plus malins, des plus spirituels et des plus désespérés. La nature humaine est son fonds de commerce. Il en connaît comme d'un paysage escarpé toute l'étrange complexion.

« Oui, c'est ça, en quelque sorte. J'ai besoin de votre accord pour m'assurer que vous voulez bien être enterré. Je veux dire dans un cimetière avec une tombe et une belle croix dessus. Connaissant votre caractère, votre mère s'est inquiétée qu'il ne vous vienne une lubie, de vouloir être incinéré par exemple. Ou qu'une subite conversion à une autre boutique… »

Un rire franc pour empêcher un frémissement d'angoisse. La température de la pièce s'est rafraîchie. Je n'en reviens pas. Les serviteurs de l'Église diraient-ils désormais la vérité toute nue, toute crue ?

« Y a-t-il un papier à signer ? »

Effectivement, il y a un papier à signer !

Dehors, le vent est complètement tombé. Les drapeaux pendent, inertes. Avec un sourire de bonté, le même qu'il doit réserver à ses paroissiens quand il brise l'hostie, il me tend des documents.

« Signez ici et ici. »

Je m'exécute.

« Félicitations, vous venez de nous rejoindre. Et ce pour l'éternité. »

Puis bonhomme, il ajoute :

« Vos parents tenaient à obtenir une concession dans le quartier, au cimetière du Montparnasse. Comme vous vous en doutez, les demandes sont nombreuses. Je crois qu'ils ont trouvé quelque chose de bien. Il fallait faire vite et que vous vous décidiez, non ? »

Depuis tout à l'heure, je cherche quelque chose à dire.

« Et mon âme maintenant, qui va s'en occuper ?

— Je suis toujours là. Vous savez que nos services sont ouverts 24 heures sur 24, 7 jours sur 7, s'amuse-t-il en me tapotant l'avant-bras.

— Est-ce qu'à mon tour alors je pourrais vous demander quelque chose ? »

Je me penche vers lui, l'interroge avec le plus grand sérieux :

« Pouvez-vous tenir un secret ?

— C'est mon métier, se récrie-t-il. Et ma mission. »

J'approche plus près jusqu'à percevoir l'effluve de son parfum musqué en vogue chez les vendeurs de voiture.

« Avant de quitter ce monde, j'aimerais rendre visite à une amie. Ou plutôt une relation que j'ai toujours tenue secrète à mes parents. Je voudrais que vous m'aidiez à rejoindre cette personne qui compte beaucoup pour moi. Quelqu'un de très bien. Vous verrez. Une chrétienne. Très fervente. Mais, dans mon état, l'escalier de son logis est devenu trop pénible à monter. J'implore véritablement votre aide, mon père. »

Il a parfaitement compris de quoi il s'agissait.

« Quand voudriez-vous faire cette visite ? demande-t-il.

— Aujourd'hui même, c'est-à-dire tout de suite, ce serait divin. »

Il examine le cadran de sa montre. Son inusable Renault 5 beige est garée juste en bas.

« Vous vous accrocherez à moi, déclare-t-il. Où va-t-on ?

— Une petite rue près de la Madeleine.

— Quel étage ?

— Au quatrième. L'escalier est raide, je vous préviens. »

CHAPITRE 22

Tout de suite, Suzy a remarqué combien j'étais pâle et diminué. Je lui présente l'homme qui m'a permis de me hisser jusqu'à elle et qui s'est employé à se débarrasser de son fardeau sur le lit. Les péchés de l'homme pèsent toujours moins que l'homme lui-même.

C'est la première fois qu'on débarque dans la chambre de Suzy de la sorte. Quand elle comprend que ce sherpa est un prêtre, un vrai prêtre, elle entrevoit cette venue comme un signe. Mais elle n'a pas le temps de lui parler qu'il s'éclipse en demandant qu'on le prévienne d'en haut, « quand la chose sera faite ».

Il faut considérer les choses en face : je suis ici pour consommer un corps et prendre du plaisir. Mais face à Suzy, dans cette chambre meublée près de la Madeleine, je parais bien mal en point et davantage demandeur de soins que prodigue en caresses. Suzy pose sur moi un de ses beaux regards d'encre noire empli d'une teinte de pitié. Rien ne lui échappe de ce drôle de manège. Elle connaît bien les hommes, elle aussi. Elle ne juge ni leur solitude, ni leur souffrance. Elle connaît les égarements, les doutes et les faiblesses des âmes. Et puis, depuis bien longtemps, l'amour n'a plus de secrets pour elle.

« J'ai eu un accident et je suis en rééducation, ça va aller. »

Suzy prend place à côté de moi sur le lit et laisse ses doigts descendre le long de mon bas-ventre mais je saisis sa main et la pose sur mon cœur. La fièvre me vient. Mes idées fuient devant, au loin, sous mes paupières. Suzy a-t-elle deviné mon malheur ? Je n'ai jamais su aimer, je n'ai jamais su le dire. Pourquoi serais-je ici, sinon ? La vie n'est pas mal faite. Elle est inexplicable. C'est pire.

Ma tête roule sur les beaux seins de Suzy. A-t-elle compris qu'on se disait adieu ? Je voudrais rester jusqu'à la fin auprès d'elle. Cependant je ne veux pas la déranger plus longtemps dans son travail. On doit se quitter. Le temps qui m'était imparti est écoulé. J'appelle Monsieur le Curé pour qu'il vienne me chercher. Avec le plus de civilité possible, je demande à Suzy de transmettre mes amitiés à Rosy. En retour, Suzy me prie de saluer Castor. Dans un dernier geste d'une infinie douceur, elle me caresse la joue. Elle a cette faculté de décrocher les épines d'un tissu léger sans l'érafler. L'âme n'y saigne pas.

CHAPITRE 23

Prisonnier de mon fauteuil, je goûte peu le repas que Castor me prépare mais me régale de sa présence chaleureuse. Après le déjeuner, il sort de son sac des tas de plans et des photos des travaux de la nouvelle exploitation. « Grâce à l'argent », répète-t-il, on a pu faire ceci et cela. Cette fois-ci, « ils ont été obligés de s'incliner ». « Ils », c'est la cohorte de ceux qui laissent les campagnes crever, les fonctionnaires sourds aux plaintes des paysans, les banquiers exploiteurs de misère, les agioteurs vils qui leur bouffent la laine sur le dos et enfin tous ces politiciens qu'on ne voit qu'aux beaux jours des élections, si prompts à tourner les talons dès qu'ils risquent de s'engluer dans la boue.

Il y a désormais du Sacha dans les arguments de Castor.

Ici, on bâtira le grenier à blé, ici, la grange, ici, la basse-cour. Il me montre des photos en affichant ce rire large des gens enthousiastes qui accueillent de grandes idées.

Je reçois de mes amis le témoignage d'une affection sincère. Qu'il s'agisse d'aimer, de jouer ou de construire, ils mettent de l'entrain dans chacun de leurs actes. Nous sommes à l'âge où, bien qu'en en faisant trop, on croit toujours ne pas en faire assez. À l'éclat trop vif du soleil, mes yeux se ferment. Au beau milieu d'une visite, il m'arrive soudain de demander à Sacha, à Madjid ou à Castor qu'il tire les rideaux. Même le jour, la nuit menace de m'envelopper. On s'empresse autour de moi. « N'y a-t-il pas quelque chose que tu voudrais voir ou faire ? Demande ! » Non, je n'ai pour l'instant besoin de rien. J'ai surtout envie de me reposer.

Aucun miracle ne se produira.

Puis je m'endors du sommeil de la brute. Plus rien. Mes souvenirs partent jusqu'au-delà des bosquets où allaient se perdre pour toujours quelques balles mal renvoyées à un professeur de tennis monté à la volée, de l'odeur des vacances d'été ensevelies, de la couleur des premiers colliers de Julia quand, sans qu'on s'en aperçût, elle était devenue jeune fille. Mon esprit flotte en liberté, voyageant dans l'espace et le temps, sans but.

Au moment du grand départ, si je peux emporter quelques-unes de ces sensations, alors je pourrai dire que cette vie valait quelque chose. Je me promets d'abandonner toutes les idées reçues et toutes les précautions imbéciles qui auraient dû, soi-disant, faire de moi un homme ; je laisserai les livres et les leçons, la culture et les convenances, tout cet attirail des vaincus que je trimballe derrière moi avec la raison, ce gros sac de viande. Je veux me laisser habiter par la grande qualité du rêve. Me laisser aller, m'enfoncer et couler.

Sans me voir plus mal que d'ordinaire, je sens mon cerveau venir battre contre mon crâne. Est-ce cela la mort ? Est-ce quand l'âme veut s'extraire et s'échapper du corps ? Je rouvre les yeux et fais un effort pour attraper une bouteille d'eau. Mais d'un détail je suis ressaisi par des siècles de civilisation : je ne veux pas mourir en chaussettes, je trouve que je mérite mieux. Par péché d'orgueil, on peut tenir en vie.

« Bonne nuit », chuchote chaque soir ma mère en venant à tâtons dans le noir demander une dernière fois si tout va bien.

Je susurre « Bonne nuit, maman ».

À mots couverts, notre échange étouffé depuis l'enfance tente de prendre. Comme un petit fagot au crépitement du feu. Retrouver la chaleur et la douceur, cela aide aussi.

CHAPITRE 24

Septembre avance vers l'automne. Le soleil se tient haut dans le ciel, mais un peu moins brûlant. On parle cette année d'un « été indien ». Dehors, je me figure les païens des beaux jours, en espadrilles et pull marin, se promener sur les quais.

Depuis ma vigie du quartier des ministères, je ne vois plus si loin. Un bout de rue, un carrefour, des passants. Je me contente d'imaginer le reste. Le compte à rebours engagé me révèle quelles sont les vraies richesses à cultiver. Voici venu le temps des fruits mûrs d'arrière-saison. J'observe les petites choses. À elles, j'attribue de la grandeur : le jet du robinet dans l'évier de ma chambre a la puissance d'un torrent, l'horloge du salon le retentissement d'un gong tibétain. À contre-jour, toutes sortes d'images se forment sur le mur, animaux ou personnages. Je redeviens bègue contemplatif, joueur, touriste ; et jure que l'avenir est devenu une part négligeable qui ne me préoccupe plus. Si nous étions un peu physiciens, un petit peu sérieux pour une fois, nous irions beaucoup mieux, non ? Nous comprendrions que le monde qui est rempli de matière forme un tout harmonieux. Présents ou non, nous ne manquons à personne. Regardez comme dans la nature les choses s'enchaînent les unes aux autres. Il n'y a rien d'inutile, ni de stérile là-dedans. La mort sert à quelque chose. Oui. Elle fait pousser des fleurs. Qu'on donne mon corps à un jardinier !

On n'entre plus dans ma chambre que comme dans un sanctuaire. Pourtant, il y règne un désordre innommable. Contre le mur, un chariot contient des médicaments et des linges trempés. Au pied du lit sont entassés livres et revues. La table est jonchée d'un tas de feuilles griffonnées. Un saint Jean-Baptiste en bronze, mouton à l'épaule, sert de presse-papiers. Autour des bras d'une Marie en plâtre, les mains jointes vers le ciel, pend entre autres bijoux ma montre aux aiguilles arrêtées. Des jumelles se trouvent accrochées à la poignée de la fenêtre dont je me sers pour regarder le ciel et espionner les voisins. Je lance à ma mère :

« Il y a de belles crapules, si vous saviez ! »

Elle me supplie d'abandonner cette détestable manie.

« Mais, il faut bien voir le monde pour le comprendre. Quel fascinant spectacle, n'est-ce pas ? »

Quelque part, mon fidèle harmonica et un pistolet, un Luger chargé. Sait-on jamais. Sous un grand planisphère, une maquette d'avion. Disposées près de la fenêtre, des petites plantes en pot que ma mère arrose chaque jour. Mon calot, vestige de l'armée auquel je tiens plus que tout, est accroché à une patère.

Je crois que je n'ai pas assez fait attention à ce qu'est la maladie : elle était d'abord un compagnon avec qui j'étais obligé de cohabiter, puis est devenue une sorte de maîtresse qui s'est incrustée dans ma vie. Pour l'occasion je veux faire preuve de dignité et me suis constitué le masque du philosophe qui se résout à mourir. Jusqu'au bout arracher les mauvaises herbes de la crainte, de l'effroi, de l'angoisse, et regarder les choses en face. À tout bien considérer, le mauvais moment à passer ne doit durer qu'une fraction de seconde. En fait, on ne sent rien. Il suffirait au bon moment de serrer un bon coup les dents et puis hop, c'est fini, passé, on est mort. Tout redevient tranquille. Mais je me rends compte qu'on n'éteint pas la machine du corps et du cerveau si facilement. Ni la machine à espérer qu'est notre carcasse d'un claquement de doigts. Toujours ce foutu espoir de vivre se rappelle à moi. Je m'imagine en chemise à fleurs et cheveux blancs, un *long drink* à la main, deux fois divorcé, plus rugissant que jamais.

Je repars pour un somme. Totalement abruti. La venue de Madjid me sort des vapes. Incroyable ! Il a obtenu le rôle-titre dans *Lorenzaccio*, annonce-t-il. Il suivait des cours de théâtre en douce. A été repéré. La chance et le don… Un jeune premier dans un grand rôle, cela n'arrive qu'une fois dans une vie. J'ai du mal à intégrer tout ce qu'il me dit. La première représentation aura lieu dans trois semaines. Il tient absolument à ce que je sois là, avec les autres.

Je le lui promets, moi qui ne promets jamais rien à personne.

Madjid craint de n'être pas prêt et fait toujours le même rêve angoissant. Seul, sur scène, aucun mot ne sort plus de sa bouche. Il se sent tout nu. Pourtant le Lorenzo qu'il campe a certainement la grâce qu'on lui prête, celle d'un jeune, riche et beau Florentin épris d'idéal et dont il est difficile, au sortir des répétitions, d'abandonner le costume au vestiaire.

« Alors, c'est d'accord, tu restes en forme et s'il y a quelque chose que je peux faire pour toi… »

Je saisis l'occasion.

« Tu sais ce qui me ferait plaisir ? J'aimerais revoir Louna, la diseuse de bonne aventure. Pourrais-tu la faire venir ici, s'il te plaît ?

— Pourquoi ?

— Je voudrais qu'elle me dise l'avenir. Je voudrais savoir ce qu'il y a là-bas, de l'autre côté, après la vie, au début de la mort. »

CHAPITRE 25

Un foulard rouge ceignant sa taille fine, Louna prend place auprès du lit, nullement déconcertée par le curieux agencement de ma chambre. On est samedi. Je revois toutes ces poupées qu'elle possède dans sa caravane. Louna leur ressemble. Si j'osais, je lui demanderais de m'en offrir une pour qu'elle m'accompagne dans mon tombeau. Cette pièce manquera à jamais à ma collection. Instantanément je retrouve la beauté de cette femme-enfant dont les yeux jettent des petits éclats de foudre.

Madjid a dû batailler ferme pour convaincre Louna de venir jusqu'ici. Elle ne voulait pas. « La mort attire la mort », lui a-t-elle dit.

Elle jette sur le sol de la cendre pour éloigner les mauvais esprits et me dévisage, moi qui flotte dans mon pyjama. Ni l'un ni l'autre ne semblons peser lourd sur cette Terre. En un coup d'œil, Louna juge que la maladie a pris entièrement possession de moi. Mes traits de jeune homme sont devenus plus simples et plus épurés, toute ma silhouette tiendrait en un coup de crayon tracé au fusain. Je voudrais lui présenter une autre figure, plus joyeuse. Mon corps voudrait s'excuser d'avoir à porter malgré lui les habits noirs du malheur.

« Je vois une grande bataille… »

Elle me prend la main. Les bracelets qui s'emmêlent à ses poignets tintent joyeusement. Un doigt fouille ma paume, ce qui me procure l'agréable sensation d'une chatouille. Je suis tout de suite absorbé par le regard étrange de Louna et le mystère de sa voix éraillée.

« C'est une bataille où toi tu n'as pas peur. Tu portes le bel habit de l'armée, avec le chapeau. Tu vas devant. Tu pousses les autres. C'est au front que tu vas. »

Elle accentue les *r*.

« Tu es vite et rapide. Personne ne t'attrape. »

Je reste un moment songeur, les yeux mi-clos, tâchant de me faire à cette image qui me propulse en belle tenue au beau milieu d'un vacarme.

« Et après ?

— Après, tu continues. Tu vas toujours plus vite. Tu évites les balles. C'est miracle. Tu es devant leur chef. Et tu sors un poignard que tu plantes dans son cœur.

— Et puis ? »

Je suis impatient de connaître la suite.

« Et puis, tu te retournes avec le sang sur les mains et tu vois qu'ils te regardent. Les autres. Ils t'envoient les flèches et le plomb dans le corps. Mais tu n'as pas mal. Tu tombes à genoux. Les yeux ouverts. Tu souris. Et puis quelqu'un qui est belle vient te chercher. Tu prends sa main douce. Tu sens la douceur. C'est comme ça tout le temps et pour toujours. Il n'y a plus de problème. Comme tu as vu le paradis. »

Ma main serre aussi fort qu'elle peut celle de Louna. Je sens que je pourrais partir, maintenant. Partir sans souffrir, ce serait si bon. Je m'offre le luxe d'un tel espoir.

« C'est la vérité, n'est-ce pas ?

— Oui, c'est la vérité. Je ne sais pas mentir. Même si je voulais, je ne sais pas faire autrement », assure-t-elle.

Les récits, surtout les plus simples, ont des pouvoirs malicieux. Un moment, j'imagine toutes mes souffrances s'apaiser. Je voudrais qu'elle me répète encore une fois la même histoire. Cette fin me va bien.

Peut-être dois-je payer Louna ? Je n'ai pas d'argent sur moi. Mais elle ne demande rien. Les autres ont dû se cotiser pour m'offrir ce joli numéro. C'est drôle, la première fois, elle m'annonçait la mort et cette fois-ci, la vie éternelle. Je lui demande de choisir un objet, celui qu'elle veut, au milieu de mon capharnaüm. Elle s'empare de ma montre qu'elle glisse à son poignet.

Au contact de sa peau les aiguilles se remettent à tourner.

CHAPITRE 26

C'est une de ces soirées qui promet d'être douce. Rien dans l'air ne s'ébroue vraiment. La chaleur est tombée. Une soirée de fin d'été avant l'automne, où tout flotte et s'évapore. Le théâtre vient d'ouvrir ses portes et le public se masse sagement pour retirer ses places.

Je ne rêve pas. Sur une affiche bleu nuit, le nom de Madjid surplombe celui de Lorenzo. Je vois aussi la main fine de Julia retenue dans celle toujours crispée de Sacha. Et je découvre, bicolore, la drôle de paire de chaussures que porte Castor pour l'occasion. Ce fauteuil à roulettes dans lequel on me trimballe m'indispose. On me pousse en feignant d'être joyeux.

J'ai l'impression d'être un jambon qu'on trimballe pour la pesée. Mais ce soir, je porte mon calot militaire. Il me rend ma fierté.

En lisant le programme, nous apprenons que *Lorenzaccio* est un drame rédigé en 1834 dans lequel Musset a mis beaucoup de lui-même. Il est dit que la pièce s'imposera vite comme un classique du répertoire car elle est parvenue à « faire entrer le drame historique dans le moule étroit de la tragédie ». Des propos journalistiques ont été mis en exergue. On y rappelle la place qu'occupe aujourd'hui dans le théâtre le « jeune et génial » metteur en scène qui « dépoussière » les classiques. Sur Madjid Ben Sala : « Un jeune acteur qui donne au corps tragique du héros sa véritable enveloppe charnelle. Une révélation ! »

Le fauteuil rouge dans lequel on m'installe est confortable et moelleux, plus tendre qu'un siège de cinéma, un peu plus large. On a remisé mon fauteuil roulant quelque part, près des vestiaires. La salle se remplit gentiment. Bientôt il n'y aura plus aucune place de libre. Chacun aura trouvé la sienne, même sur un strapontin. Les habitués, connaissances et amis, en s'apercevant, se font des petits signes. On explique au novice à mi-voix qui est qui. On trouve qu'untel a vieilli. Untel est gravement malade, paraît-il. Untel cherche du travail. À fuir.

Le spectacle a déjà commencé depuis longtemps car il est dans la salle, il est dans la vie. Soudain j'ai chaud. La rumeur des discussions m'ensevelit.

« Ça va, Maxime ? »

Je réponds « Oui, très bien », au milieu du bourdonnement qui m'étourdit. Les trois coups se font entendre. Il y a comme un soupir de soulagement dans la salle où les piaillements s'étouffent.

Le noir est fait, le rideau s'ouvre. Deux comédiens entrent en scène :

« *Patience, Altesse, patience.* »

Première réplique de Madjid. Il s'en sortira très bien. Il est fait pour ce rôle : « Regardez ce petit corps maigre, ce lendemain d'orgie ambulant », comme dit le duc pour le décrire. Oui, c'est tout à fait lui.

Madjid interprète Lorenzo avec autant de grâce que de naïveté, passant de la bouffonnerie à la tragédie et sautant d'un pied sur l'autre. Et moi qui ne peux même plus décoller mon derrière de ma chaise ! La vie est injuste. C'est à cela qu'on la reconnaît. Mais il ne faut en vouloir à personne. Ce n'est la faute de personne.

« *Parles-tu sérieusement* ? demande le duc.

— *Aussi sérieusement que la Mort elle-même* », répond Lorenzo.

Au deuxième acte, Lorenzo se met à douter de la justesse de son action. À quoi sert-il de tuer un tyran si un autre le remplace ? Même si l'on se sacrifie, cela ne sert à rien. On veut de la grandeur mais on reste tout petit, infime aux yeux de l'Univers.

Mes doigts se nouent sur mon calot tandis que mon corps se rapetisse dans mon fauteuil. Je voudrais ne plus bouger d'ici, jamais.

Alors, je n'en bougerai plus.

Julia a un petit sursaut quand Lorenzo transperce le corps du duc de sa lame effilée et un autre, à la fin, quand un coup de dague viendra à son tour le délivrer de ses doutes, et peut-être de son désespoir. Elle se blottit contre Sacha qui la protège.

Mais les coups, les vrais, c'est moi qui les reçois. Je transpire à grosses gouttes et ressens une terrible sécheresse creuser le fond de ma gorge. Je ne distingue presque plus mon ami qui joue à mourir sur scène sous le blanc des projecteurs tandis que personne ne s'aperçoit que je m'éteins dans le noir de la salle. Devant moi, Castor a pris ses aises et délacé ses chaussures qui lui font mal aux pieds. Le théâtre est pour de faux et la vie pour de vrai. Les choses sont revenues en ordre.

Enfin, les applaudissements jaillissent comme une pluie d'orage en été. Aveuglé par le retour de la lumière, je me fie à ce crépitement. Mes derniers feux de vie, je veux moi aussi les prodiguer en acclamations. Castor est debout. Il s'anime et fait le vacarme. J'aime comme il donne la charge. Sacha et Julia battent des mains en cadence comme de bons enfants qui se sont régalés au cirque. Je ne les vois plus que de profil, l'un superposé à l'autre. Madjid revient sur scène saluer, libéré de tout son fardeau d'acteur.

Je ne parviens plus à applaudir. C'est au-dessus de mes forces. Il me manque ce petit temps de ressort nécessaire. Bizarrement, je me trouve en retard sur le présent. « Je l'ai trouvé, Sacha, ton paradis communiste, voudrais-je hurler. C'est la mort ! L'égalité horizontale. L'unique est la propriété de tous. Il n'y a pas de vainqueurs, pas de vaincus ! On peut tous être heureux ! » Puis cesse le murmure de ma vie intérieure. Idiot que je suis, je n'ai pas eu le temps de remettre mon calot sur la tête. J'aurais voulu ce dernier chic. Mes mains se joignent dans l'esquisse d'un geste de prière. Je découvre que mourir équivaut à une mauvaise chute dans une salle de bains. On ne s'y attend pas. Je me sens glisser. Mais c'est plus long que je ne le pensais. En fait, rien à voir avec une chute, il s'agit d'un écoulement. Ce siphon de baignoire m'aspire lentement. De toute façon, le corps n'est rien. Il finit poussière. L'essentiel, c'est l'âme. Et qu'elle monte au ciel. Puisse la mienne en prendre le chemin…

ÉPILOGUE

Aux abords de l'église de la Madeleine, au milieu de la longue rue qui traverse la place, là où une pompe à essence jouxte un fleuriste, l'hôtel de passe n'existe plus. Les filles sont parties. On ne sait pas où. Le petit *pub* à l'odeur de caverne est devenu un magasin de jeux vidéo. De grandes enseignes annoncent que des bureaux sont à louer. On a changé de décennie, de siècle et de millénaire en même temps. La grande peur millénariste n'a généré qu'une forte hausse des loyers. À l'angle du boulevard, un restaurateur propose le même repas dans quatre langues différentes.

Du côté du quartier des ministères, les enfants se donnent rendez-vous près de la place Las Cases pour jouer au ballon. Julia et Sacha ont trouvé un appartement non loin de là, financé en grande partie par les parents. Pour porter autrement les couleurs de la Révolution, Sacha a décidé de préparer Sciences Po. Il l'a eu. Du premier coup.

En ce jour de rentrée des classes, une poussière de septembre flotte sur la ville. Dans mes affaires, Julia a retrouvé une petite épinglette rouge qu'elle a tendue à Sacha pour qu'il la porte. Les deux amants se sont embrassés et juré d'être heureux. « Au moins d'essayer », ont-ils corrigé.

Dans l'allée 3 du cimetière du Montparnasse, ma tombe peine de soif. Les plantes n'ont pas survécu à l'été indien et leurs tiges se sont affaissées sur elles-mêmes comme des fils de marionnettes abandonnées. Le soleil se reflète sur le lustre du marbre et l'éclair provoqué, en passant, projette un rayon entre les platanes restés dans l'ombre. Sur la photo choisie par la famille, placée sous verre et scellée au marbre, je figure de trois quarts, avec une mine rêveuse. Je ne regarde pas l'objectif. Le rai de lumière poursuit son travelling et vient illuminer mon visage en le blanchissant. Cela fait comme une étincelle, un clin d'œil jeté vers le ciel. Sur la pierre est gravée cette épitaphe, une petite phrase rédigée dans mon carnet dans les derniers jours :

Il voulut être poète mais n'en eut pas le temps

Du même auteur
au Cherche Midi

Crocodile, 2022

Achevé d'imprimer par
Normandie Roto Impression s.a.s. à Lonrai
N° d'impression : 2500254

Imprimé en France